五看金庸小說

倪匡、陳沛然——著

【前言】世間各式的男女情愛

倪匡

《五看金庸小說》集中力量看《神鵰俠侶》。《神鵰俠侶》在金庸的小說之中，是上上之作，這個我在《我看》及《四看》之中，曾經做過詳細的評論介紹。但是這部書浩瀚絕倫，可說的地方實在太多，所以要專集討論之。

當然，在這裡，不會重複已經發表過的對《神鵰俠侶》中的人物、情節的看法，但是有一些卻是無可避免，要重複提到，談《神鵰俠侶》，能不提到楊過嗎？能不提到小龍女嗎？能不提到郭靖、黃蓉、郭芙、郭襄嗎？當然不能，但也必然在提到這些必須提到的人物之時，提出新的看法，而不重複已經發表過的意見。

曾經把金庸的十四部小說排名，《神鵰俠侶》排在第四。金庸小說之中，《鹿鼎記》排名第一，應是毋需置疑的了，因為《鹿鼎記》已經脫出了所有武俠小說的範疇，而進入了一種新的境界之中。其餘三部，《天龍八部》氣勢磅礡，《笑傲江湖》詭異多變，《神鵰俠侶》嚴謹動人，實在很難定得出誰高誰下。而在韋小寶、喬峯、令狐冲和楊過四個人之間，也很難分出高下來。所以，定名次，只不過是遊戲筆墨而已，而且雖是金庸自己的小說，哪一部第一，哪一部第九，實在沒有多大的關係，又不是拿他的小說來和他人相比。若是拿金庸的武俠小說和別的武俠小說相比，部部都是第一。

《神鵰俠侶》在金庸作品之中，有一個十分獨特的地位，那就是金庸的小說之中，固然每一部、每一篇都在寫男女之情，卻沒有一部寫得像《神鵰俠侶》那樣錯綜複雜、那樣淋漓盡致、那樣透徹入微、那樣感人肺腑、那樣全面、那樣深入。

所以，《我看金庸小說》中，對《神鵰俠侶》的評語，開宗明義便是：「《神鵰俠侶》是一部『情書』。」

不單是金庸自己的作品之中少有這樣的著作，只怕古今中外所有的作品中，也很難有在一部小說之中，對男女之情做這樣廣泛的描述，這也正是《神鵰俠侶》吸引讀者，令讀者感到百看不厭之處。

既然要再寫對《神鵰俠侶》的觀感，自然也著重這一方面的觀感。

唉，愛情究竟是什麼呢？

這個問題，沒有人可以回答得出來！李莫愁就一直在唱：

「問世間，情是何物，直教生死相許！」

又道是：

「風月無情人暗換，舊遊如夢空腸斷！」

且來看看《神鵰俠侶》中的人物，如何在情海的狂波巨瀾之中翻滾掙扎、爭鬥糾纏的經過吧！

這些經過，幾乎已經可以概括了世上所有男女間各種形態的情愛。而《神鵰俠侶》小說的時代背景雖然是在宋朝，卻無損於這種形態情愛糾纏的現實意義，因為，男女情愛，過去、如今和將來，全是一樣的，不論怎麼變，都變不出那些範圍去。一直有某一些人，企圖否定武俠小說的文學地位，那是一樁相當滑稽的事。像《神鵰俠侶》這樣的鉅著，寫情愛寫到了這樣深刻的地步，怎麼不是文學？當然是！不但是，而且是極好的，極為大眾喜愛的文學。

把《神鵰俠侶》中所描寫的男女之情，詳盡剖析，仔細再讀，研究一下金庸筆下在情海中浮沉的男女的心態，雖然很使人惆悵於情愛之變幻無常，但也是一件極大樂趣之事。

目次

第二部

《神鵰俠侶》之兒女私情／陳沛然

第一章——情網

第二章——多情兒女

第三章——絕情人物

第四章——中情典範

第五章——解情之說

第六章——情深歸宿

第一部

金庸作品中的情書

倪匡／執筆

1

重要人物尹志平

◆ 不可饒恕的罪行

《神鵰俠侶》之中，有一個十分重要的人物：尹志平。這位尹志平道長的重要性，往往被忽略，讀者只知道他做過一件極壞的壞事：侮辱了小龍女，而不去深究其他。可是事實上，要是沒有了這個人，整部《神鵰俠侶》的情節，就得起徹頭徹尾的改變，尹志平實在是不可忽視的一個重要人物。

金庸寫小說的筆法十分巧妙，絕不拘泥，像尹志平這樣一個重要人物，他絕未在一開始就做鄭重其事的介紹，也沒有特別的出場描述，只是把他夾在重陽宮的眾多道士之中，叫讀者在一看到他時，只當他是全真教幾百個道士中的一個而已，絕想不到他日後竟然會幹出這樣驚天動地的大事！

尹志平做的這件壞事，應該怎麼說呢？前面用「侮辱了小龍女」來稱之，實在不大恰當，因為罪行之嚴重，「侮辱」不足以形容，其所以用了「侮辱」一詞，是實在不想在小龍女這個名字之上，加以「強姦」、「姦污」或「迷姦」等字樣。因為在讀者的心目之中，小龍女是冰清玉潔、美麗可愛的代名詞，怎忍心讓她和那些醜惡的字眼連在一起？

但是作者金庸既然忍心安排了這樣的一件事，也就無可避免要研究一下，研究出一個對這件誰都不想它發生、但已經發生了的事的恰當稱謂來。

首先必須肯定，尹志平的行為，是一種罪行，就算他不是全真教道士，不必遵守什麼淫戒，他的行為也是一種不可饒恕的罪行。

可是由於經過情形相當複雜，尹志平犯的罪，不是強姦——尹志平並沒有對小龍女用強，小龍女是在無意之中，被瘋瘋癲癲的歐陽鋒點了穴道：

……背心上突然一麻，原來歐陽鋒忽爾長臂，在她背心穴道上點了一指，這一下出手奇快，小龍女……上身已轉動不靈。歐陽鋒跟著又伸指在她腰裏點了一下……

小龍女麻軟在地……仰頭望著天上星辰出了一會神，便合眼睡去。

就在小龍女動彈不得、合眼睡去之際，被尹志平看到了。尹志平是怎麼在這時候，會湊巧碰到小龍女呢？書中並沒有明寫。但可以說，不是偶然發生的，而是尹志平對小龍女日思夜想的自然結果。

對一個異性思念到了不能自已的地步，就一定會去被思念的對象可能出現的地方附近，去徘徊徜徉，希望可以幸運地看上對方一眼。尹志平暗戀小龍女，只怕三天兩頭，常在古墓旁邊打轉，只不過他膽子不夠壯，要他直叩古墓去大膽求愛，那是他萬萬不敢的。

所以，尹志平不會、不敢，也不能強姦小龍女。當他見到自己日思夜想的夢中情人，躺在花草叢中熟睡之際，尹志平心頭的矛盾煎熬，真是難以形容。

從尹志平的為人來看，他絕不是一個惡人，比起趙志敬來，他人格高尚了不知多少，面臨蒙古人的威脅，他兀自可以正氣凜然——這時正是他的犯罪行為被揭發之後，尋常人在內憂外患，交相煎熬之下，一定心亂如麻，哪裡還會去說及什麼全真教的安危。

撇開他這件罪行不說，尹志平是一個十足的正人君子（不然，全真七子不會選他當全真教的掌教），所以當時的情景如何，金庸並沒有明寫，但十分值得深究。

◆「侮辱」了小龍女

尹志平看到了小龍女，小龍女的睡態之美，那是絕無疑問的了，尹志平絕不可能一上馬就迫不及待，這其間定然有一個過程。

開始的時候，尹志平又驚又喜，接著，他一定看得痴了，怔呆至完全不知自己的存在，只是痴痴地看著熟睡的小龍女。

這個過程是一定有的。而在這裡，有一個細節要提出來說一下：尹志平是不是知道小龍女被歐陽鋒點了穴道呢？

書中沒有半個字提及這一點。

但是，尹志平是應該知道小龍女被歐陽鋒點了穴道的。

如果他不知道小龍女被點了穴道，只知道她在草地上睡覺，他有那麼大的膽子上去輕薄嗎？可以料定他絕不敢，至多只是躲在草叢之中偷窺而已，說不定在偷窺之際，還會緊張得身子發抖！

尹志平不是不知道小龍女的武功高強，不是不知道如果一下把她驚醒之後的後果，他之所以敢不顧一切，去侵犯小龍女，自然是知道小龍女被點了穴道，無法反抗，他的罪行，在當時是不會被人發現的——這一點十分重要，許多犯罪者並不是不知道犯了罪之後的惡果，但就是因為肯定在犯罪過程之中不會被人覺察，所以才犯下罪來的。

金庸寫小說的本事極大，許多項寫小說的本事中之一項，就是對自己所要寫的那類人物的心理狀態，有相當程度的了解，那麼，這個小說中人物就會成功，不然，人物行動不依心態，只好硬砌情節，自然不能成為好小說了。

尹志平知道小龍女穴道被點，自然是事情從頭到尾，他都看在眼裡。他能把事情從頭到尾看在眼中，自然是由於前面曾提到過，因為他暗戀小龍女，有事沒事，總在小龍女可能出現之處徘徊留戀之故。其時正當午夜，尹志平由重陽宮中溜出來，也不會有人知道。

再假設尹志平在小龍女「對著月亮抱膝長嘆」之際，就已經躲在一旁，看得發痴了，也無不可。小龍女和歐陽鋒動手，尹志平武學修養甚高，看出小龍女並不危險，樂得飽看心上人，不現身出來，也很正常，因為他其實根本沒有膽子面對小龍女！

等到小龍女穴道被點，躺在草地上，到睡去的那一段時間中，尹志平心中不知轉了多少念頭。要知道，他不是一個現代人，是一個古代人，非但是古代人，而且是一個君子，非但是一個君子，而且還是戒律森嚴的全真教的道士！

當時，他心中的矛盾鬥爭之劇烈，實在有難以想像之處，一方面是自己日思夜想的戀人，一方面是種種的道德規範和社會戒律。

真是可嘆得很，他思想鬥爭的結果，是情慾戰勝了一切。尹志平那時年紀輕，血氣方剛，情慾之火一旦燃起，想要憑自我的意志抑制下來，絕不是容易的事。那時候，其實只要有一隻野兔自草叢之中竄將出來，也會把他嚇得抱頭鼠竄而逃的，可是卻偏偏什麼干擾也沒有，那才使得他的罪行，得以順利完成。

書中寫他的行動，全由小龍女的感覺來寫：

初時極為膽怯，後來漸漸放肆，漸漸大膽……以口相就，親吻自己臉頰……雙手越來越不規矩，緩緩替自己寬衣解帶……

尹志平的罪行，絕不能用他如何愛戀小龍女來做掩飾，但是金庸寫出了一個尹志平這樣的人，在天人交戰、心理上經過了劇烈的鬥爭之後，終於一切都敵不過人的某一種天性而犯下了罪的歷程。沒有人會原諒尹志平的行為，但是這種行為，是尹志平作為一個人的悲劇。

至少，他不是強姦小龍女。

不是強姦，又是什麼呢？是迷姦，也不是，又不是他點了小龍女的穴道，令小龍女昏睡不醒的；說姦污，庶幾近矣。但是，誰又忍心把這麼醜惡的字眼冠在小龍女身上，只好隱約說一聲「侮辱」算數。

唉，世上無可奈何之事再多，只怕也沒有一樁比得上這一件了。雖然，後來書中所有人物，沒有一個計較這件事，但總令人不自在至於極點！

（書中人物後來根本沒有人計較此事，這是一個很有趣的現象，那是作者金庸的想法，和讀者完全一樣，根本不願意再提這件事了。所以，連書中的人物，自然也不提了，把它忘了。）

（小說中有了不愉快的事，可以淡忘。實際上如果有同類的事，能淡忘嗎？）

（小說中的人生，看起來比現實生活中的人生可愛得多了。）

一開始提尹志平，就提到那樁不能不提，而又不想提的事，實在是這件事在《神鵰俠侶》的情節之中，佔了極重要的地位之故，請讀者諸君原諒則個。想像力豐富的，或許可以想像一下「任其所為」的進一步情形，但我們大家都愛小龍女，這實在是無法想下去的。

◆前因：暗戀小龍女

好了，這件事就此不提，但不妨再來看看這件事的前因後果。

前因，自然是尹志平暗戀小龍女。

照趙志敬的說法是：

「你自從見了活死人墓中的那個小龍女，整日價神不守舍，胡思亂想，你心中不知幾千百遍的想過，要將小龍女摟在懷裏，溫存親熱，無所不為。」

尹志平是一見到小龍女之後，就神魂顛倒，不能自制的，那麼他第一次見到小龍女，是什麼時候呢？細看起來，尹志平第一次驚艷，是一個暗場，書中只寫了小龍女出場，並沒有寫尹志平入迷。

那自然是小龍女首次在書中正面出場的那次，是在郝大通把孫婆婆打成重傷之後，小龍女突然現身，先聽到聲音：

……冷冷的一個聲音說道：「欺侮幼兒老婦，算得甚麼英雄？」

然後是：

一個極美的少女站在大殿門口，白衣如雪，目光中寒意逼人。

當其時也，重陽宮中的道士在旁的極多，金庸一概以「羣道」稱之，並沒有指明尹志平是否在內，但尹志平是重陽宮中第二代人物的重要份子，這時重陽宮出了這樣的大事，他絕沒有賴在床上蒙頭大睡之理，當然是在「羣道」之中。

在幾百個道士之中，見這小龍女的美貌，動心的一定不止尹志平一個，但只有他一個從此痴迷下去，終致不可收拾，真是氣數。

小龍女那時，給人的印象只是「冷」，冷得像冰一樣：

……眾道士見到她澄如秋水、寒似玄冰的眼光，都不禁心中打了個突。

尹志平當時，心中自然也打了個突！而就是這一次的印象，令得尹志平從此墮入痛苦的深淵，不能自拔。就算他趁人於危，得償所願，可是得到的只是短暫的快樂，卻換來了無休無止的痛苦。尹志平是個道士，平日所學所修的一切，在他的身上，顯然一點也未曾起到作用，早晚用功，敵不過他對一位美女的迷戀！

尹志平在那次之後，還有一次機會，不但見到了小龍女，而且還和小龍女講了話。這是作者明寫了尹志平和小龍女相會，事情是在小龍女、楊過一起送玉蜂漿到重陽宮去的時候，楊過和鹿清篤又起衝突！

羣道中突然奔出一人，猶似足不點地般倏忽搶到……

特地寫明了尹志平「自羣道中搶出」，可知上次「羣道」之中，他是有份在的。

尹志平在那次講了兩句話：「多謝龍姑娘賜藥」和「龍姑娘，這楊過是我全真教門下弟子，你強行收去，此事到底如何了斷」，叫了兩聲「龍姑娘」，小龍女不顧而去。「尹志平、趙志敬等羣道呆在當地，相顧愕然」，這時候的尹志平，心中只怕已經像十五隻吊桶打水，七上八下，別的道士愕然，和他的愕然，大不相同者也。

◆一點也不後悔

尹志平在做了那次壞事之後，他心中是不是後悔呢？他曾高叫：「我一點也不後悔！」那是他真正的心聲。可以肯定地說，他不但不後悔，而且內心還喜歡無限，那種歡愉之情，像是要把他整個人撐滿而爆裂一樣，所以必須要宣洩一下，所以他就把這件事的經過，告訴了趙志敬。

是他和趙志敬的交情特別好嗎？當然不是，他只是隨便找上一個人，把他心中的歡暢告訴他而已。可想而知的是，在他把這件事告訴趙志敬之前，一個人已不知自言自語了多少次，一個人不知對著樹木、花草、石頭甚至牆壁，講過多少次。

一個人心中有了歡喜之極的事，如果不對別人炫耀一下，那是十分難過的事，比衣錦夜行更甚，他又不能對丘處機和孫不二去說，就自然只好揀了個趙志敬來說說了。

或者以為，尹志平這個人實在太笨了，這件事神不知鬼不覺，小龍女永遠無法查究，只要他不說給第二個人聽的話，那秘密就永遠是秘密了。

這種說法，是不了解人的心理得出的結論。也許可以有非常性格的人，在做了一件自己認為得意非凡的事情之後，可以一直悶在心裡，不對任何人提起，但是普通人是做不到這一點的。

普通人，心中有大歡暢，必然要訴諸於人，目的是炫耀也好，是想他人和他一起感到高興也好，都可以不必深究，因為最主要的目的，還是要讓快樂宣洩出來。當尹志平向趙志敬提及這件事的時候，他難道未曾考慮過後果嗎？當然考慮過！但還是非說不可！

這就像他在做那件壞事之際，一樣會考慮過後果，但還是非做不可一樣，是無法控制得住的。而且，事後在對趙志敬提起之際，他心中的那份快樂、歡暢，可以說會比做那件事時更甚。若是尹志平自此把秘密埋在心底，那反倒不合理了。

所以，尹志平對自己的行為沒有半分後悔，他的痛苦，是在於他對小龍女的刻骨思戀，而時機又不再容許他有任何可能達到目的而已！

後來，尹志平受趙志敬折磨、要脅，他仍然沒有後悔過。

◆世俗的貞操觀念

小龍女在未曾知情之前，也一點不覺得有什麼不對頭。在這以前，她和楊過練功，被尹志平、趙志敬兩人走來遇見，趙志敬滿口粗言，其中有一句是：

「人言道古墓派是姑娘派，向來傳女不傳男，個個是冰清玉潔的處女，卻原來污穢不堪，暗中收藏男童，幕天席地的幹這調調兒！」

而接下來：

小龍女適於此時醒來，聽了他這幾句話，驚怒交集……

小龍女一直在古墓中長大，雖然和楊過相處了兩年，但是楊過在少年時期學來的市井俚語，必然半個字也不敢對小龍女說的。所以，趙志敬講什麼「幕天席地幹這調調兒」這種話，小龍女應該根本聽不懂，當時小龍女的反應，似乎太強烈了些，或許只是為了「污穢不堪」之類的言詞才生氣。在這方面，小龍女比較執著，只要自己無愧於心，哪裡理會得人家胡言亂語。後來，小龍女就曾說過擲地有金石聲、理直氣壯、豪氣干雲的一句話：「別人瞧我不起，打甚麼緊？」這才是真正的小龍女！

可是尹志平的秘密，結果還是被趙志敬揭穿了，小龍女知道了當時的情形，她的反應是：

心中淒苦到了極處，悲憤到了極處，只覺便是殺一千個、殺一萬個人，自己也已不是個清白的姑娘，永不能再像從前那樣深愛楊過……

小龍女的這一段反應十分奇特，和她說「打甚麼緊」時的氣概，全然不同了。知道了事情的真實經過，當然難過悲憤，但是「不是個清白的姑娘」、「永不能再愛楊過」之類的想法，卻純粹是世俗的貞操觀念。小龍女怎麼可以有這樣的觀念？她也沒有機會接觸到這樣的觀念過，這一段大有商榷之可能。

於個人之見，小龍女難過悲憤痛恨應有，感到自此不能再愛楊過則不應該，她和楊過之間的愛情，豈同等閒，怎可因為這件事而終止？

在這裡，非提一下不可的是，楊過真是一個頂天立地的男子漢大丈夫。小龍女的事，他不會不知，趙志敬嚷叫之際，聽到的人極多，郭芙就在其中，但是楊過卻半個字也沒有提起過，提起半個字，楊過便不是楊過。楊過非但不提，絕對連想也未曾想過，根本不把這件事放在心上，有這件事也好，沒有這件事也好，他反正是愛定了小龍女。若是楊過曾在心中想過這件事，他也就不是楊過了。

真正懂得愛情的男人，就是這樣。

只有那種豬狗不如、小家子氣、人不像人的男人，才會斤斤計較自己愛人的小事，這種男人，根本不配和愛情扯上關係！

◆原諒了尹志平

尹志平遞劍要小龍女殺他，小龍女沒有殺，他被趙志敬一拉，就「踉踉蹌蹌的跟了出去」，此尹志平之所以為尹志平，不是什麼男子漢大丈夫，小龍女不下手，自己不會橫劍抹脖子嗎？大丈夫一人做事一人當，敢做就要敢當。可是後來，小龍女一路追，尹志平一路逃，真是窩囊透頂，給天下男人丟盡了臉。到最後，他「心灰意懶，不想再逃」，也是因為實在逃不了！

「罷了，罷了，趙師哥，咱們反正逃不了，她要殺要剮，只索由她！」

是由於「反正逃不了」，所以才不逃了。如果可以逃得了的話，還是要逃，事實證明的確如此。此人在見了自己日思夜想的愛人之後，只要保命逃走，真是品斯下矣，不堪之極。

雖然，後來小龍女獨戰五大高手，在危急之餘，尹志平：

……奮不顧身的撲了上去，叫道：「龍姑娘，小心！」用自己背脊硬擋了法王金輪。

尹志平一生之中，只當面叫了小龍女五次龍姑娘，這一次是第三次。他中了法王金輪之後，小龍女長劍已經刺到了他的胸口。

在這時候，又有一段相當奇特的小龍女的反應：

一剎那間，滿腔憎恨之心盡化成了憐憫之意，柔聲道：「你何苦如此？」

這又是值得大商榷的所在，尹志平這個人該死之極，非死不可，小龍女自己是受害者，心地再善良，也不應該在一剎那間化憎恨為憐憫，而且再接下來又立即：

心中的憐憫立時轉為憎恨，憤怒之情卻比先前又增了幾分。

小龍女對尹志平，除了憎恨之外，只應有極度的卑視。而且在這不到一千字，變化無方，驚濤駭浪，看得人氣也喘不過來的情節之中，小龍女忽然又想到：

「他（指楊過）忽然……棄我如遺，了無顧惜，定是知悉了我曾受這廝所污。」

小龍女啊小龍女，龍姑娘啊龍姑娘，你這樣想楊過，也未免太過小看楊過了，楊過若是這種男人，還值得龍姑娘你去刻骨銘心愛他麼？

所以，這一段可以深究下去，至少要加重小龍女對尹志平的卑視，把「憐憫」易為「厭惡」，才差不多。

尹志平在臨死之前，還在異想天開地哀求：

「龍姑娘，我實……實在對不起你，罪不容誅，你……原諒了我麼？」

記得初讀《神鵰俠侶》，讀到此處，忍不住拍案大罵，代小龍女高叫：「不原諒！」

可是，小龍女畢竟是天人一樣的人物，到最後，還是原諒了尹志平。尹志平在臨死之際，聽得小龍女說：「總之，是我命苦。」尹志平此時再不死，真是無可再對了。

尹志平死有餘辜，早就該死了，雖然他搶身救小龍女，絕不足以贖他之罪。

尹志平是一個悲劇人物，從他暗戀小龍女開始，就注定他是一個悲劇人物，他以為有過短暫的快樂，照他自己的說法是「那一刻做神仙的時光」。這個人的心理十分不正常，一個正常的男人，對自己所愛的女人，自然不可缺少的會有強烈的生理上的要求，可是男歡女愛，一定要在雙方情投意合的情形之下，才能真有「做神仙的時光」，像尹志平那樣，趁人於危，用布蒙了小龍女的眼，何「神仙」之有？

從這一點看來，他對小龍女的愛戀，也可以有懷疑，因為這種不正常的男人，通常是不懂得什麼是愛情的。

尹志平，是下下人物。

2

揭開「情書」序幕的李莫愁

李莫愁是《神鵰俠侶》中另一個重要人物。書一開始，赤練仙子李莫愁就出場，此書的主題曲「問情是何物」，也由她翻來覆去的唱著。

李莫愁出場之際，是三十餘歲，但看起來只二十許人，十分美麗，可是出手狠辣，心腸歹毒，猶如毒蛇。

李莫愁的歹毒，乍看來，像是因為情場失意之後受了刺激所致，但事實上絕不是，早已是如此的了，不然她的師父不會一早就把她從古墓中趕了出來。來看看李莫愁這個女人在情愛上的糾纏，是一件相當有趣的事。

《神鵰俠侶》既然是一部「情書」，書中人物大都有愛情上的糾纏，李莫愁也未能例外。

李莫愁感情上的糾紛，牽涉的範圍相當廣，牽涉到的人也很多。在《神鵰俠侶》一開始，就寫這些人和這些事，但是一定要小心看，不然很容易就此忽略了過去，看完此書，再也沒有印象。

那是由於一來，金庸寫這些人和事之際，不是平鋪直敘地寫，而是用了相當曲折的筆法，在小說結構之中，採用了倒敘和事實一併出現的一種方法。（這種方法，十分難學，不是確知本身功力已夠，切切不可亂試，否則，鐵定走火入魔！）

二來，這些人除了李莫愁之外，以後都無關緊要，甚至程英、陸無雙都不能算是書中的重要人物，所以容易被忽略過去。

但是這幾個人之間的情愛糾纏之慘烈和驚心動魄之處，愛恨的交織和時間之長，正好作了《神鵰俠侶》這部寫盡天下情愛糾纏的「情書」的序幕，所以一定要把來龍去脈弄個清楚。

◆陸展元捨李逐何

和事情有關的是以下幾個人：

李莫愁

陸展元

何沅君

武三通

（武三娘——她是無辜的局外人，但也在糾纏之中；會另有一小段文字，敘述這位女性之可愛和偉大之處。）

人雖然只有四個，但是感情上卻錯綜複雜，糾纏不清，一連拖了十多年，連其中兩個人死了之後，事情依然沒完沒了。可知男女之間的感情，真是一言難盡，全然沒有道理可講。

這四個人，本來一點關係也沒有，只因陸展元先生到了一趟大理，邂逅了李莫愁小姐，兩人是怎麼樣由陌路變成了相識，又進而相戀的，過程已不可考。

在這裡，提出兩點：

一、有人以為，當年李莫愁和陸展元之間的感情，是李莫愁單戀陸展元。這種說法，不甚可靠，只憑武三娘的一句話而已：

「也是前生的冤孽，她（指李莫愁）與令兄相見之後，就種下了情苗。」

就憑這一句話，也不能作為李莫愁單戀陸展元的證據。觀乎李莫愁送陸展元絲帕，陸展元收了下來這種情意綿綿的行動，陸展元、李莫愁之戀，是互戀的。

二、是題外話，常聽得有人說武俠小說容易寫，試看這一段，人物性格、故事結構、情節，全是現成的，誰能把這一大段化為小說，而被公眾接受？再一次藉此說明，武俠小說極難寫，比那些寫出來沒有多少人看得懂的所謂嚴肅文學，難寫不知多少！

陸展元和李莫愁既然相戀，李莫愁的本性再不好，在熱戀期間，自然還是可愛的。而且以她性格中的偏執部分看來，如果不是陸展元變了心，她和陸展元能夠結成夫婦的話，未必不能全始全終，把她本性壞的一面收斂起來。可是陸、李之戀，卻好景不常，橫裡殺出了一個何沅君來。

陸展元和何沅君是怎麼相識、相戀的，也不可考了，只好各憑想像。

讀者所知道的事實是：陸展元先生在結識了何沅君小姐之後，就愛上了她，不再愛李莫愁小姐了。

陸展元的行動也無可厚非，男女之間的愛情，本來就是不斷在變化之中的，海枯石爛至死不渝的誓言，終日可聞，真正能實現的，少之又少。如果不是李莫愁小姐是如此不好惹的一個厲害腳色，陸展元愛上了何小姐，也沒有什麼大不了。

可是偏偏陸展元的舊歡性格狠辣、有己無人，又自恃武功高強、貌美過人，忽然被人橫刀奪愛，「小白臉」（武三通語）又有了新人忘舊人，如何能不因妒成恨、怒發如狂？

李莫愁一發起狂來，真是夠瞧的：

……她手刃何老拳師一家二十餘口男女老幼……何老拳師與她素不相識，無怨無仇，跟何沅君也是毫不相干，只因大家姓了個何字……

以及：

「……我曾在沅江之上連毀六十三家貨棧船行，只因他們招牌上帶了這個臭字……」

這簡直是殺人如麻了，一個女人在失戀之後，妒恨之意，竟然可以怨毒一至於此，真是駭人聽聞之極。

照說，陸展元既然曾和李莫愁相戀，多少也該知道一點她的性格才是。或許正是由於了解了李莫愁性格的可怕面，所以一遇到何沅君之後，就捨李逐何了。

何沅君的性格如何，書中並未做詳細描述，但一個女人，不可能再比李莫愁這種性格更可怕，比較之下，一定是何沅君可愛可親，殆無疑問。

（金庸筆下黃蓉的性格也不可愛，但郭靖既然是傻小子，只好另作別論，除了傻小子的男人之外，對黃蓉這樣性格的女人，男人只怕多半也敬謝不敏，不敢領教。）

◆武三通簡直是「武不通」

本來，由陸、李之戀，轉變為陸、何之戀，除了李莫愁因之大發狂性之外，問題倒也不大，可是其間卻又夾雜了一個老混蛋武三通。

武三通這個人，真正是個老混蛋，何沅君本來是武氏夫婦義女：

「……自幼孤苦，我夫婦收養在家，認作義女。」

何沅君被武氏夫婦收養之際，年紀一定極小，因為還要用到圍涎，只怕是在三歲以下。可是，一等到何沅君長大了，看看武三通這老混蛋幹出什麼事來？武三通還是一燈大師的徒弟，真連一燈大師的臉也丟盡了！

何沅君長到十七八歲時，亭亭玉立，嬌美可愛，武三通對她似乎已不純是義父義女之情……

這幾句話，是作者金庸的主觀評語，筆下對老混蛋還算是客氣，說什麼「似乎已不純是……」，事實上當然不是，武三通以義父的身分，暗戀著義女何沅君。

一個男人，愛上了自己從小養大的一個有著義女名分的小女孩，雖然不是不可以，在愛情的領域之中，本來沒有什麼道理可講的，但是這種情形，即使在現代社會之中也不尋常，何況是在古代，自然駭人聽聞。而且，要注意的是，武三通只不過是「剃頭擔子」——一頭熱。他熱戀何沅君，何沅君可只是把他當義父，只怕作夢也想不到老頭兒對自己有了非分之想，所以光明正大、轟轟烈烈地愛了陸展元，並且和陸展元結婚。

武三通雖然「以他武林豪俠的身分，自不能有何逾份的言行」，便硬是不肯讓何沅君嫁人，不過在愛情面前，何沅君當然不會屈服，武三通再暴跳如雷，也阻不住何沅君要嫁的決心。

於是，在陸展元、何沅君結婚之日，武三通竟然到婚宴上去大鬧，這種行動不知算不算「逾份」？簡直是混蛋加三級了。

而妙的是，在婚宴上，武三通無理取鬧，李莫愁有理取鬧，卻全被在場的一位「天龍寺高僧」所制止。這真是妙不可言，天龍寺的高僧，自然是和尚，又不是打齋，喜氣洋洋的男女成婚大禮上，和尚夾在裡面幹嘛？新郎新娘敬酒，忽然面對一個光頭佛門高僧，阿彌陀佛、色即是空一番，當真是不倫不類，唐突滑稽至於極點了！

憑這和尚一句話，十年之內，不准李莫愁、武三通生事，陸展元和何沅君得了幾年太平日子。在那段時間裡，李莫愁殺人如砍瓜切菜，武三通卻成了瘋子。

武三通成了瘋子之後，還是一個混蛋瘋子，念念不忘的是何沅君：

「我不准你嫁給他，你說不捨得離開我，可是非跟他走不可……又為甚麼不哭？」

何沅君可以嫁給心上人，為什麼要哭？武三通大可以改一個名字叫武不通！

武三通是有妻子的，他的妻子連個名字也沒有，只好稱之為武三娘，當何沅君嫁人的那一年，已經有了兩個兒子，一個一歲，一個兩歲，可是武三通硬是為了何沅君而發瘋！到了十年之後，還要去掘人家的墳，真是不堪之極。

武三通，是下下人物。

何沅君倒是真愛陸展元的：

「……嫂子在我哥哥逝世的當晚便即自刎殉夫。」

若不是真誠相愛，又怎會自刎殉夫？在金庸筆下，自殺殉夫的女性並不多，除了何沅君之外，只有一個胡一刀的夫人。

何沅君的性情為人如何，金庸並沒有刻意去寫，但單就她自殺殉夫這一點，已經可以知道她至少是一個愛得極深的女子。陸展元當年捨李就何，自有原因。

◆無辜的武三娘

在李莫愁、陸展元、何沅君、武三通這四個人的情愛糾結之中，最無辜的一個人，應該是武三娘了。武三娘不但無辜，而且這個女性簡直是賢淑、偉大的典型。她一直安分守己，克盡婦道，武三通愛上了何沅君，她難道不知道嗎？當然知道，可是她卻無可奈何，她不是李莫愁，是李莫愁的話早就提刀殺人了，她甚至於沒有一點女性都有的妒意！

金庸並沒有刻意描寫武三娘的性格，可是在字裡行間，一有武三娘出現，卻都可以使讀者看到一個熱愛丈夫、熱愛兒女、柔順溫淑的女人的形象，她是那麼逆來順受、那麼無可奈何，除了「黯然嘆息」之外，她不會也不願採取任何行動！

在武三通發瘋之後，作為妻子，心中的難過痛苦可想而知，但是她不做任何埋怨，武氏兄弟自然不會是由混蛋瘋子教養成人的，教子之責，也落到了她這個苦心人的身上。

而且，武三娘一直以武三通為她的丈夫，人家提到混蛋瘋子的行為，她便「深有慚色」，代武三通慚愧。而且她一看到武三通略有清醒的跡象，就又有了希望：

「唉，但願他從此轉性，不再胡塗！」

十年來，丈夫心有他屬，以致成瘋，武三娘都忍了下來，一心一意愛著她的混蛋丈夫，其耐心之高，簡直已超出了常人所能忍受的限度十倍以上，且看如下的情形：

忽聽遠處一人大叫：「娘子，你沒事麼？」正是武三通的聲音。

武三娘聽得丈夫一叫，反應是「又喜又惱」。被丈夫叫一下也會感到「喜」，可知老混蛋平時連叫都不叫。後來，武三通「不住地叫」，武三娘的感覺是「近十年來從未見丈夫對自己這般關懷，心中甚喜」。

金庸寫來平平淡淡，但讀者卻可以看出，武三娘在這十年來的辛酸屈辱，是何等之深。還是要忍不住再說一句，金庸的小說真要多看，每多看一遍，必然會看出些新的體會來的。

而當其時也，老混蛋武三通做什麼打扮呢？請看：

只見他上身扯得破破爛爛，頸中兀自掛著何沅君兒時所用的那塊圍涎……

武三通頸際掛著何沅君兒時所用的圍涎，自然是表示他心中對何沅君的思戀，常言道泥人也有土性兒，任何女人，一看到丈夫這種窩囊勁兒，一定上去先給兩個老大耳括子再說了吧？但是武三娘卻可以視若無睹，而且還要「心中甚喜」！

唉，武三娘的好，和武三通的混，對比之強烈，無以復加。若是照常理，武三通有了這樣的好妻子，應該感到無可他求了，但是男女之情，偏偏就是不講常理的。像武三通這樣的男人，早就應該推到滇池中去餵王八，武三娘偏當他是寶。像武三娘這樣的女子，上可昭日月，下可耀山川，武三通偏偏不把她放在心上。

有常理可講嗎？一點也沒有！

最後，武三娘甚至為了救丈夫，而犧牲了自己的性命：

「媽媽給爸爸的傷口吸毒，吸了好多黑血出來。爸爸好了，媽媽卻死了。」

一個女人偉大起來，可以偉大到這種地步，讀《神鵰俠侶》至此，能不掩卷太息者幾稀。

武三娘是上上人物。

作為一個好人，她好得不能再好了，比《天龍八部》中的葉二娘還要好，葉二娘只是對她愛的男人好，其餘乖戾無比，但是武三娘卻是完人。

為什麼武三通不能像愛何沅君那樣愛武三娘呢？或許，男人不喜愛完人型的女人？武三娘沒有半分對不起武三通，武三通卻有萬分對不起武三娘，男女之間的關係，複雜一至於此，真是不能深究了！

附帶說一句，武三通混蛋，他的兩個兒子，半分也沒有遺傳到他們母親的那種無可比擬的美德，反倒把武三通的混蛋都包了下來，從他們欺侮楊過起，到為了爭郭芙拚死活，到行刺被擒出醜，沒有一件像樣的事情做出來過，和武三通在一起，可稱之為老小三混蛋。

這一段，本來是說李莫愁的，忽然拋了開去，現在再拉回來。

◆死得有氣派

李莫愁所做的壞事，不單是濫殺無辜，而且還想爭奪玉女心經，陰謀害楊過小龍女，等等，等等，幾乎武俠小說中一個反派人物所能做的壞事，都被她一個人做盡了。

不過李莫愁也有幾點好處：

一、她自始至終，未曾投入蒙古人，不曾為蒙古人所用。

二、她抱走了郭襄之後，對這個女嬰真心喜愛，不像是一個女魔頭。

三、死得十分有氣派。

死得有氣派，也算是人生優點麼？當然是！有多少人能死得像李莫愁那樣！

……直跌入烈火之中……霎時間衣衫著火，紅燄火舌，飛舞身周，但她站直了身子，竟是動也不動。

這時，旁觀眾人，包括一燈大師、楊過、小龍女、黃蓉、朱子柳在內，已是「眾人無不駭然」了。

再接下去：

……李莫愁挺立在熊熊大火之中，竟是絕不理會。瞬息之間，火燄已將她全身裹住。突然火中傳出一陣淒厲的歌聲：「問世間，情是何物，直教生死相許？天南地北……」唱到這裏，聲若遊絲，悄然而絕。

也正是由於她死得如此有氣派，所以眾人對她的評語才會是：

……一生造孽萬端，今日喪命實屬死有餘辜，但她也非天生狠惡，只因誤於情障，以致走入歧途，愈陷愈深，終於不可自拔，思之也是惻然生憫。

如果李莫愁在打敗之後，伏地求饒，結果自然也難免一死，能得到眾人上述的定論嗎？只怕不能，臨死之前還得挨一頓罵。

所以，若是非死不可時，死得有氣派，比死得窩窩囊囊，要好不知多少。

李莫愁，是下等人物。

人家不要你了，還要苦苦相纏，不論男女，有此行徑，品斯下矣，怎麼樣也排不到中等去。

3

楊過、小龍女拜堂成親

◆俯仰百世，前無古人

已經在《我看》、《四看》之中，講過許多楊過、小龍女的事了，但未曾講過他們的婚禮。楊過和小龍女的婚禮，很妙，是在重陽宮後殿舉行的，重陽宮上下，數百名道士，被迫成為觀禮者。

《神鵰俠侶》的讀者，每每都以為楊過、小龍女在襄陽英雄大會上聯手禦敵，是最快意之舉，但比起重陽宮當眾成親，其快意程度，還有所不逮。

在楊過、小龍女成婚之前，有驚心動魄的惡鬥，等到尹志平出來，自認罪狀，可是全真教真不是東西，當時對尹志平的事，完全撇過不提，上下一心，雖想就此不了了之算數，只是：

想到此事錯在己方，都是大為慚愧，但要說甚麼歉疚之言，卻感難以措辭。

認錯，有什麼難措辭的？根本原因，還是在於不肯認錯而已。

最不要臉的是，孫不二居然還說：

「重陽宮乃清淨之地，不該在此說這些非禮言語！」

而在這裡，金庸也調侃了全真教一下：

……無不大是狼狽，年老的頗為尷尬，年輕的少不免起了凡心，各人面面相覷，有的不禁臉紅。

楊過、小龍女不過互相說了幾句愛憐的情話，全真教道士年輕的就會起凡心，老道士平日不知怎麼教的，真是可以休矣！若是忽然有一個半裸美女（不必全裸）出現，只怕全宮上下道士都要還俗了！全真教道士修為如何，於此可見一斑，實是極其不堪。

那時，小龍女身受重傷，「命在須臾」，楊過決定要和她就在重陽宮中成婚。楊過的這種決定，看來有點匪夷所思，重陽宮上下數百道士，如何肯容他胡作非為，但楊過還是有辦法，那時他已經斷了臂，卻還是一出手就制住了孫不二，令得所有道士投鼠忌器，只好眼睜睜看他們成婚。

這一段字數不多，可是兔起鶻落，看得人心花怒放，眉飛色舞，過癮之極。

曾有過改編《神鵰俠侶》為電影劇本的經驗，當時構思的兩個大場面，一是在英雄大會上，楊過、小龍女聯手對付金輪法王，金輪法王五隻金輪滿場飛舞，自然要用特技來處理，再加上音響效果，已是夠好看的了。二就是重陽宮成親，迴腸蕩氣，最能表現楊過的性格。但後來因為種種原因，構思未成事實，頗引以為憾。

不過，重陽宮成親的那一大段文字，讀者只要仔細看了，閉上眼睛想想，自然可以想出大場面來，金庸的文字功力極深，用簡單的句子，能寫出電影畫面來，而且活龍活現。

楊過和小龍女進了重陽宮的後殿，和小龍女在王重陽畫像面前跪拜成親，在成親之時，和成親之前，小龍女曾兩次說及自己被尹志平所辱一事，楊過的反應，十分值得注意。第一次，小龍女說：

「過兒，我的清白已為此人玷污，縱然傷愈，也不能和你長相廝守。」

小龍女說得痛心之極，可是楊過根本沒有反應。金庸在接下來的文字之中，只是寫尹志平「心如刀剜」，寫羣道心中不安，不寫楊過聽了之後的反應，這是故意如此安排的。

因為楊過是頂天立地的大丈夫男子漢，凡是這一類的男人，前文已經提過，愛情在一切之上，只要是自己所愛的人，什麼都不要緊。小龍女耿耿於懷的事，楊過根本沒有放在心上，不當一回事。金庸自然了解到楊過的為人，所以才不著一字。

直到後來，楊過才說了幾句，但那不是說給小龍女聽，是說給重陽宮中幾百個道士聽的：

「甚麼師徒名分，甚麼名節清白，咱們通通當是放屁！」

不把那件事當一回事，是真正心內思戀如此，楊過愛小龍女，是天人一般的境界，普通俗人，豈能明白？在這裡，小龍女一再提及，是小龍女不好，但小龍女是受害者，心中不免有所介懷，那又不忍深責了。

第二次，小龍女又提起來：

「我既非清白之軀……」

楊過這次有了回答。好楊過，他什麼也不說，只是一面替小龍女抹淚，而且還笑著——

……笑道：「你難道還不明白我的心麼？」

在小說之中，用「笑道」兩個字去形容一個人說話前的神態的，可說是普通之極。但是再也沒有一次「笑道」，比這裡的楊過「笑道」，更加感人動人。

楊過為什麼要笑呢？在當時這樣的情形之下，普通人是無論如何笑不出來的，任何人不妨掩卷稍作深思，想想自己是不是笑得出來？

可是，楊過不是普通人，他是絕頂人物，他笑得出，而且他是真正感到好笑，所以才笑；他笑的是小龍女一再說的那件事，而他根本是不放在心上的；他笑，是覺得小龍女在這方面表現了她的稚氣和不成熟；他笑自此之後，他可以自然而然改口，把「姑姑」改為「龍兒」；他笑小龍女終於成為他的妻子。

小龍女當然是聰明人，經過楊過這一句話之後，再也沒有提起過那件事，在楊過天人般的坦蕩胸襟之下，小龍女心靈上即使有創傷，也早就被治癒了。

一個女人能遇上像楊過這種性格的男人，是作為女人的最大幸福！

金庸形容楊過的神采：

當真有俯仰百世，前無古人之概。

真是一點不差！

◆幸福快樂的渴求

重陽宮成親之後，楊過、小龍女回到了活死人墓，電影畫面從大場面變成小場面。兩個人搬描金箱子，小龍女化妝，楊過在一旁欣賞，輕憐蜜愛，風光旖旎，活死人墓中，登時滿墓春色。不過楊過又壓不住心中的悲傷，這類場面，最考演員的演技，一個拿捏不好，百歡無悲，或百悲無歡，皆不成體統。常說「原著精神」，既然用到「精神」這個詞，自然不是表面化那麼簡單，而要去揣摩原著人物的心理狀態，不然，始終只能掌握著表面而已，精神云乎哉，未免有段距離了。

忽然又扯了開去，是由於古墓中小龍女化妝成新娘，楊過替她戴上鳳冠的這一節，實在太動人之故。

那時候，他們兩個人沒有別的願望，一再嚮往的是：

「咱們到南方去，種幾畝田，養些小雞小鴨……」

這種願望，楊過和小龍女是永遠達不到的，因為命運已經安排了他們不是普通人。可是，作為普通人呢？是不是「到南方去，種幾畝田，養些小雞小鴨」就有幸福快樂了呢？一點也不，人性實在太複雜了，幸福快樂在想像嚮往之中是存在的，一旦到了想像化為事實，又不知還會有多少問題生長出來，永遠找不到幸福快樂。

一直到最後，絕情谷底小龍女、楊過重逢，兩人回到了活死人墓之中，那才是真正找到了安樂。可是那安樂之來，也是由於他們兩人有絕世武功，可以不為外來力量干擾之故。如果他們兩個是普通人，就算他們內心有了滿足，得到了快樂，在古墓中住也好，到南方去養小雞小鴨也好，遇上了外來的橫逆力量，他們用什麼方法來抵抗干擾呢？

內心的欲望，還可以控制，外來的橫逆，卻是無法控制的，你好好地在安居樂業，硬是有強權來干涉，不讓你好好生活，除非是有楊過的本領，有玄鐵重劍可以奮起一擊，不然有什麼辦法呢？

現實中的種種橫逆強權，是普通人所無法應付的，幸福快樂，也只好留在夢想之中而已。

《神鵰俠侶》一書，對於重回活死人墓之後的楊過、小龍女，再也沒有提起，但想像起來，他們身負絕世武功，又相愛如此之深，他們的生活可算是人世之間男女所能享受到的最幸福生活了，甚至想起來也是甜蜜的。雖然這種理想的生活，只存在於小說之中，但至少也給人有了想像——實際上不可能有，想想也是好的。若是連想像中的境界也不理想，那不是太可悲了嗎？

楊過、小龍女這一對，在經歷了千變萬化的驚濤駭浪之後，終於得到了快樂。

願天下有情人皆能如此。

願，總可以吧！

4

活死人墓

◆力求身臨其境之妙

《神鵰俠侶》中，有一個十分特別的場景：活死人墓。

在這座活死人墓中，有許多小說情節展開，有風光如畫，有驚心動魄，有令人拍手稱快，有令人咬牙切齒，有愛有恨，有恩有仇。

活死人墓只是一個場景，但是在整部小說之中，它卻不是「死物」，而是活的，起著重大的作用。一定要活死人墓，才能使小說中的那些情節成立，換了別的環境，就不可能成立。

所以，活死人墓在《神鵰俠侶》之中，所佔的地位極其重要，非好好研究一下不可。

讀者讀《紅樓夢》，總想弄清楚大觀園的來龍去脈，知道何處是怡紅院，何處是瀟湘館，從瀟湘館到怡紅院應該怎麼走。

把《紅樓夢》看得熟了，可以依照書中的文字，畫出大觀園的平面圖來。

讀者看《蜀山劍俠傳》，看到有關「幻波池」的情節時，也總想弄清楚幻波池洞府的結構究竟如何，主洞在何處，和五行生剋的通道如何連結，等等，在最初十遍看《蜀山》時，一直弄不清楚，後來發了個狠，花了將近一個月工夫，把書中有關幻波池的一切，都摘錄了下來，總算弄明白了，不但弄明白，也可以畫出一個平面圖來。

讀者看《神鵰俠侶》，感到活死人墓在小說中佔有如此重要的地位，自然也想把墓中的結構弄得清清楚楚，小龍女睡在什麼地方，孫婆婆的臥室又在哪裡，也最好可以畫出一個平面圖來。

可是非但看了十遍八遍，弄不明白，連發個狠，花了兩夜，拚著不喝酒，保持頭腦清醒，想弄個徹底明白，結果還是無法畫出一個平面圖來。只怕連金庸自己，也弄不明白這一點了。

但是不能徹底明白，初步明白總是可以的。不能用平面圖明明白白地畫出來，用文字來盡量使人明白，還是可以做得到的。

這是一門死功夫，大費時間，但是也相當有趣。因為在做了這些功夫、心中也對活死人墓有了一定的梗概之後，再掉轉頭來，重讀《神鵰俠侶》之中有關活死人墓的那些情節，就有身臨其境之妙。

本來生性疏懶，那種花時間的功夫，不是十分耐煩去做。但既然愛讀金庸小說，也就無可奈何，既然做了之後，也就不敢自秘，拿來供諸同好。

◆倉庫中的居室

活死人墓是王重陽建造的：

當年王重陽起事抗金，圖謀大舉，這座石墓是他積貯錢糧兵器的大倉庫。

活死人墓本來是一座倉庫，可是王重陽這個「中神通」，對於建造倉庫，實在不是如何在行。他造活死人墓，造得隱秘無比，機關重重，自然使人嘆為觀止。但既然是積貯錢糧兵器的倉庫，至少要達到積貯的錢糧兵器容易運輸出入，不然，緊急軍情一來，要用到錢糧兵器之際，搬運麻煩，費事失時，豈不延誤了軍情？

然而，王重陽造倉庫，就全未顧及這一點：

「入墓甬道甚是狹窄，只容一人通行，就算進墓的敵人有千人之眾，卻也只能排成長長的一列……」

好了，照這樣的建造法，敵人攻是難以攻得進來，但自己要使用這座倉庫時，可也麻煩透頂。試想若用一千個搬伕，搬一千包米進去的困難情形，再想要把那一千包米搬出來的困難情形？兵器短的還可以，長又大的兵器怎麼搬進搬出？一直是

「排成長長的一列」麼？想起來十分可笑。

王重陽連建一個倉庫都建不好，只怕指揮打仗，也不會本領高強。難怪他在寫給林朝英的信中，老是說吃敗仗了。

不管活死人墓作為倉庫是不是好，作為隱居之所，倒是第一流的，而且其通體結構，也不怎麼像倉庫，王重陽後來用來隱居，只有更適合。

小龍女的居室在活死人墓的中心部分：

楊過已帶她走到古墓中心的小龍女臥室。

這一點既然有明白啟示，就以此為起點。讀者諸君如有興趣，不妨取一張紙，放在一邊，先在紙的中心部分，畫上一個方框，代表小龍女的居室，居室之中別無陳設，只有寒玉床一張而已：

房中空空洞洞……一塊長條青石作床，床上鋪了張草蓆，一幅白布當作薄被，此外更無別物。

若是嫌這樣做太單調乏味，大可各憑想像，畫一個美女上去；美女，自然是小龍女了。

有一件事相當有趣，可以附帶一提，小龍女美麗，這是人人皆知的，可是十個人各憑自己心意形容起來，就可以有十個不同的樣子形容出來。由此可知，女人美麗，是沒有標準，全然各憑心意的。

確定了小龍女的臥室之後，其次就是孫婆婆的房間了。孫婆婆是一個重大的關鍵人物，不是她喜歡楊過，收留了楊過，小龍女不會主動去收留。而楊過如果得不到收留，被全真教的道士捉回重陽宮去，不知要吃多少苦頭，不知伊于胡底，連想都不敢想下去，就像是那匹瘦黃馬遇不到楊過一樣，只怕要鬱鬱終生。

孫婆婆的房間在什麼位置呢？書中沒有明寫，但也有些線索可循。

小龍女大鬧重陽宮之後，帶楊過回活死人墓，最先到的就是孫婆婆的房間：

……帶同楊過回到活死人墓中。她將孫婆婆屍身放在她平時所睡的榻上……

然後，小龍女去葬孫婆婆，到了一個大廳，大廳中放著五具石棺。

從孫婆婆的房間，到那個大廳，距離相當遠：

她彎彎曲曲的東繞西迴，走了半晌。

這「彎彎曲曲，東繞西迴」八個字，真是考死人，只好各憑想像，無法確定。王重陽做倉庫，弄那麼多甬道走廊，真不可思議。

這個放石棺的大廳，在活死人墓中也十分重要。楊過的第一個印象是「空空曠曠」，可知大廳的面積相當大。在大廳把孫婆婆放進石棺，再回到孫婆婆的房間，小龍女要楊過獨睡，楊過說什麼都不肯，小龍女就：

當下帶他到自己的房中。

從孫婆婆的房間到小龍女的房間，說到就到，可知相距甚近，更可能就在旁邊。而另一邊，可能就是林朝英的居室。

所以，在已有的方框兩旁，各加一個方框，算是孫婆婆的房間和林朝英的房間。那個大廳，只好暫且畫在較遠處。

林朝英的房間在小龍女房間之旁，這設想也有依據。書中一直到極後才提起這間房間，那是楊過斷臂之後，小龍女受傷，兩人重回活死人墓之後的事了。

楊過先到孫婆婆房中，把床拆了（應說是榻，不是床），搬到了小龍女的房間之中。

床和榻在形狀上有分別。在書中，前文提到孫婆婆的房間時，只提到有榻，未提及有床：

她將孫婆婆屍身放在她平時所睡的榻上，坐在榻前椅上……

等楊過把床裝好之後，小龍女就吩咐楊過到「祖師婆婆房中去，把她那口描金箱子拿來」。

而楊過立時「過去把床頭幾口箱子中最底下一口提了出來」，可知小龍女的臥室，和林朝英的房間極近，就在隔壁。

在林朝英房間之中，有現成的新娘服飾，也有床，箱子就放在床頭。

那床一定比孫婆婆的床寬大舒服，不知何以楊過不去拆了林朝英的床，卻去拆孫婆婆的床？還是楊過不敢去拆祖師婆婆的床？

三間主要的房間，已可肯定了。

◆大廳・後堂・石室・秘道

在活死人墓中，還有一個大廳、一個後堂：

楊過……回到大廳中來。

「咱們到後堂行禮去。」

那個後堂，就是楊過與小龍女行禮拜師之所。

照建築物的常理來說，進門之後是大廳，後堂自然在大廳之後，所以這兩個所在的位置，倒不是太難安排，就在古墓入口處，一大一小，前後又有了兩個方框，那是大廳、後堂。

大廳的外面有走廊，沿走廊可以向西走：

楊過……出了大廳，沿著走廊向西走去……東碰西撞，黑暗中但覺處處都是歧路岔道……

活死人墓中的迴廊岔道之多，令人十分難以想像。這些甬道，通向許多大小不同的石室：

轉了幾轉，推開一扇門，進了一間石室。

當下帶他到另一間石室之中……此後石室愈來愈大……

這些石室的數字是多少，並未明言，總之分布在活死人墓中就是，位置可以隨自己心意加上去。

而在眾多的石室之中，又有兩間連在一起的，形狀奇特的石室：

……前窄後寬，成為梯形，東邊半圓，西邊卻作三角形狀……

那是王重陽的練武室，與之相類的是林朝英的練武室，處處對稱，處處相反。

這兩個石室的形狀，寫得十分詳細，應該可以畫得出來了？可是也不，讀者不妨畫畫試試，一邊是半圓，一邊是三角，一邊短，一邊長，畫出來的是這樣的一個怪形狀（如下圖）。

這樣的一個怪形狀，無論如何無法稱之為

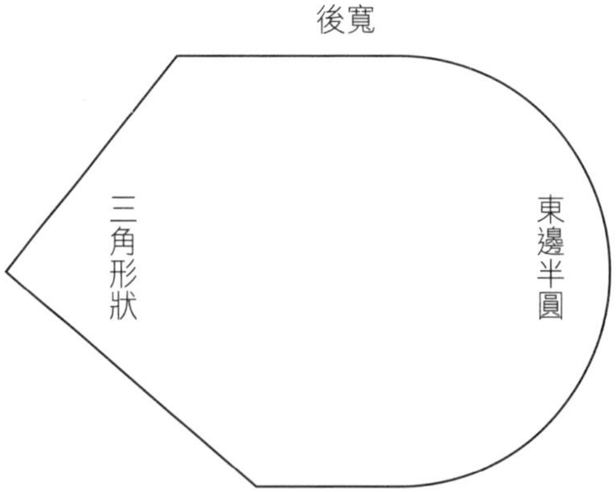

「梯形」。不知金庸寫這兩間石室的時候，是不是曾自己畫一下看看？

從圓形的一面，有暗門通向林朝英的練武室，照形狀看來，兩個石室是無法連在一起的，當中必然還有空間，可能又是走廊之類。

這兩間石室在什麼位置，也沒有明寫，只好隨便處置之。已經很複雜了，是不是？

可是，那還只不過是活死人墓的上層。活死人墓一共有兩層！通向下層有一個秘道，就是小龍女臥室中的那張寒玉床：

石床突然下沉……落入下層石室。

可是奇怪得很，下層石室又可以通到孫婆婆的房間，這一點十分令人胡塗：

露出一道門來……在黑暗中轉來轉去，到了孫婆婆屋中。

未提到向上走上石級，可能只是利用斜路通向上面的。孫婆婆的房間在小龍女臥室之旁，倒有了證明，因為接下來小龍女推開石壁，就攻向李莫愁，而李莫愁是一直在小龍女臥室之中的。

通向下層的另一條秘道，是在放石棺的靈室之中，秘道就在石棺棺底，通到一個石室，刻滿了九陰真經，以及下了斷龍石之後，可以經由山腹、山溪，離開活死人墓的另一秘道的指示圖。

活死人墓中的情形，已經講完了，而那條秘道，由於那是日後進出活死人墓的唯一通道，所以也有必要一提。

這條秘道開始時，到處全是岔道，到後來：

道路奇陡，竟是筆直向下……

這裡有一個小問題，秘道「竟是筆直向下」，下去自然還可以，但是要進活死人墓，再通過這條秘道之際，自然由「筆直向下」變成了「筆直向上」，那就非攀援不可了。

可是後來，楊過斷臂之後，帶了重傷的小龍女和郭襄，又回到活死人墓中，楊過把小龍女和郭襄放在一只木箱之中，潛進了山溪，這都沒有問題，但他如何把放著人的大木箱帶著，登上「竟是筆直向上」的秘道呢？那時他若還有雙手，勉強還可做到，斷臂之後，簡直難以想像。

書中只這樣寫：

鑽出水面，到了通向古墓的地下隧道……拉著木箱，回到古墓中的居室。

那似乎太輕描淡寫了些！

後來，郭芙等人跟李莫愁再進古墓，也沒有經過「筆直向上」的這一段。更說不過去的是，郭芙等人進了古墓之後：

見這座古墓規模龐大，通道曲折，石室無數，均是驚詫不已，萬想不到一條小溪之下，竟會隱藏著如此宏偉的建構。

活死人墓為什麼會在「一條小溪之下」呢？郭芙、武三通、耶律齊等五人，實在太胡塗了。

郭芙在活死人墓中又闖了一次大禍，這個女人一無可取之處，但這一節是專講活死人墓的，提過就算。

5

郭芙和耶律齊

◆母親的美麗，父親的笨

郭芙是個一無是處的女人，或許除了美貌。但一個女人模樣兒再美麗，如果像郭芙那樣，真是可以休矣。郭芙最不堪之處，是她笨，笨得要死，並不是笨的程度之最。像郭芙那樣，笨得不知自己是個笨人，那才是真正無可救藥的笨到頂點。

黃蓉人雖然討厭，可是聰明伶俐，和笨字沾不到一點邊。郭靖自然是笨人，但是他知道自己笨。

郭芙的情形，真有一點像一個老笑話：有了母親的美麗，父親的笨。而且，尤有甚之，她自己還以為聰明得很。最令人不可忍的是由於她的笨而不斷闖禍。其中最嚴重的一次，自然是在活死人墓中，她把兩枚冰魄銀針射進石棺去，射中了楊過、小龍女。

且看這個笨女人在闖了彌天大禍後的反應：

……心中只略覺歉仄，陪話道：「楊大哥，龍姊姊，小妹不知是你兩位，發針誤傷。」

也真虧金庸的本事，才能塑造出這樣的一個笨人來。

一般論郭芙，都說她任性，自小被嬌寵慣了等等。但任性不要緊，儘有女人任性而可愛者。被嬌寵慣了也沒有什麼，這些只不過是火上加油而已，而火是本來就在的，笨人加上任性，加上被嬌寵，更加不堪而已。

郭芙的出身之好，真是無與倫比，父親是郭靖，母親是黃蓉，真是天之驕女，走到哪裡，誰敢不讓她七八分？那樣得天獨厚的地位，只要有小小聰明略加利用，那成就之高，當真是事半功倍，可以羨煞世界上所有人。

可是郭芙卻一點也不懂。這種情形，在小說中反倒不多見，而在現實生活中可見到的卻更多。常見有條件得天獨厚的男或女，但是笨得無可救藥，怎麼扶也扶不上去，弄得不好，還要禍延上代！

可是郭芙的運氣真好，好到了令人嘆息的地步。她可以胡作非為，一點也不受報應，好像整個世界就由得她一個人愛怎麼玩就怎麼玩一樣。

到最後，她對於自己對楊過的感情，略有喟嘆，但像她這種笨人，懂得什麼愛情？何況她已經有了一個四平八穩、怎麼找也找不出一點缺點來、好到了可以娶她為妻的好丈夫。

郭芙的丈夫是耶律齊，不願多談郭芙這種笨人了，還是說說耶律齊的好。

◆楊過從中搗鬼

耶律齊可說的倒不少，他是金庸筆下正面人物中的一個典型，除了比郭靖聰明之外，儼然是一個小郭靖。

耶律齊是周伯通的徒弟，怎麼想也很難把這師徒兩人放在一起。耶律齊少年老成，四平八穩，沒有缺點，又肯奮發向上，是乖孩子的典型。

妙的是，耶律齊是耶律楚材的第二個兒子，而耶律楚材是蒙古國大丞相，雖然後來失勢，但耶律齊的出身，卻從來沒有人追究，只有最後在爭丐幫幫主之位時，才由霍都提了一下。看來耶律齊的性格真有其豪俠的一面，十分深入民心，可以一下子就被人接受，不然，何以連疑忌都沒有半分？

耶律齊的性格堪稱完美無缺，他與楊過聯手應敵，欣賞楊過，他不以完顏萍多次行刺為仇，反倒用言語激她、救了她。到後來，耶律齊捨身救完顏萍，金庸給他的評語是：

耶律齊慷慨豪俠，明知這一出手相救，乃是自捨性命，危急之際竟然還是伸出左手……

在這之前，耶律齊曾和完顏萍打賭，若是她能逼他用左手，就殺剮任憑。所以耶律齊一出左手，就等於任由完顏萍宰割了。

在這段情節之中，有一個極其有趣的插曲，那便是楊過在其間搗鬼。耶律齊的武功造詣甚高，完顏萍根本不是他的敵手，所以耶律齊才放心和她打賭。但是被楊過看在眼裡，臨時教了完顏萍三招，最後一招，假裝要自己用刀抹脖子，逼耶律齊出手相救。

有趣的問題很多：

第一個問題是，為什麼楊過要這樣做呢？他和耶律齊、完顏萍皆沒有淵源，為什麼要幫完顏萍去對付耶律齊？這個問題的答案不難找，楊過同情弱者，完顏萍楚楚可憐，但主要的還是：

最要緊的是她盈盈眼波竟與小龍女極為相似……他凝視著她眼睛，忽而將她的黑衣幻想而為白衣，將她……幻想成為小龍女……

其時，楊過正苦尋小龍女不著，所以自然而然想去幫完顏萍了。

第二個問題是，楊過怎麼料定耶律齊一定會捨身去救完顏萍呢？那時楊過初識耶律齊，對方又是蒙古大官的兒子，楊過對蒙古人並無好感，耶律齊的慷慨豪俠，他也不是深知，但是楊過就是料定了耶律齊一定會出手救人，這點可真不容易。

尤其到後來，被陸無雙提醒，耶律齊已知計謀的關鍵所在，照樣出手，這種行動自然會得楊過佩服不已，楊過後來會和耶律齊成了好朋友，這一點十分重要。

第三個問題是，楊過在教完顏萍那三招之際，是不是料到她就算是打賭勝了，也不會下手殺耶律齊呢？答案應該是料到的。如果完顏萍真的殺死了耶律齊，這個玩笑可開得太大了。楊過不但料到，而且以防萬一，他還跟了去，就是為了完顏萍真要下手時，他一定還另外有辦法可想的。

楊過在這次事情中，純粹是開玩笑胡鬧，要知道，那時楊過還不是什麼大俠，只是一個十八歲的年輕人，胡鬧一下，自然無傷大雅。

這一胡鬧，楊過倒認識了兩個好朋友，一個是耶律齊，另一個就是完顏萍。接下來的一段，寫楊過在幻想之中把完顏萍當作了小龍女，去親她眼睛，把完顏萍逗得芳心如小鹿亂撞，這是楊過性情流露，不是胡鬧，更不是輕薄，使讀者但覺其苦，不覺其狂！

等到楊過、耶律齊再度重逢，面臨李莫愁這個強敵之際，楊過對於耶律齊的人格再無懷疑，所以主動邀耶律齊聯手禦敵，而且稱耶律齊為「耶律兄」。耶律齊也果然不負所望。

在這裡，金庸又把耶律齊和楊過兩人的性格，做了一個總結性的比較，字數不多，但相當重要：

耶律齊卻一言不發……容色威嚴，沉毅厚重，全然不同於楊過的輕捷剽悍、浮躁跳脫。

讀者諸君要明白的是，耶律齊的性格一直持續下去，沒有什麼改變。但是楊過卻越來越成熟，性格趨向成熟之際，「輕捷剽悍，浮躁跳脫」八個字的考語，自然也要修正一下了。那八個字，只是楊過當時的性格而已。

耶律齊第一次和郭芙見面，也在這時。

◆如何會愛上郭芙？

郭芙和耶律齊之間的戀愛過程是怎樣的呢？照說耶律齊一點也不笨，又如何會愛上郭芙這樣的女人呢？

其中經過，盡量在書中找，可是答案還是不十分清楚。而且越是深究，越覺得有可疑之處，這是一大發現，讀者千萬要注意。

耶律齊本來和楊過聯手對敵，郭芙一到，楊過悄然離去，金庸只是輕描淡寫了幾句：

……當下上前行禮相見，眾人都是少年心性，三言兩語就說得極為投機。

這很有點問題。

第一，以郭芙之笨、之驕，出言無狀，像耶律齊這樣的聰明人，聽了怕只會皺眉頭。郭芙的淺薄言語，耶律齊怎會覺得投機？

第二，耶律齊當時還是蒙古大官的兒子，郭芙和武氏兄弟再笨、再沒出息，也知蒙古人是大敵，如何一下子就「極為投機」起來？唯一可能是，郭芙和武氏兄弟知道了耶律齊是周伯通的徒弟，但他們當時又並不知道。

好了，不管怎樣，這是郭、耶律兩人的初次相會，金庸分明也沒有把他們放在心上，立時去寫楊過，等到再出現時，已是在很久以後了。那時郭襄也已出世，黃蓉、郭芙在追被楊過抱走的郭襄，遇上了公孫止，其時耶律齊正在和公孫止動手，郭芙這草包一下子便被公孫止制住，耶律齊連發十一箭，逼得公孫止放開了郭芙：

一團灰影著地滾去，抱住了郭芙向路旁一滾……

耶律齊救了郭芙，郭芙在道謝之際，曾「臉上一紅，甚感嬌羞」。郭芙又向黃蓉介紹了耶律兄妹。

從武關初會起，到此時耶律齊救了郭芙止，其間並未提及耶律齊和郭芙有沒有再見過面，直到那時候，耶律齊和郭芙之間，還只是初識階段而已。黃蓉一下就猜到了耶律齊的師承來歷，郭芙茫然不知，以她的性情而論，一定會向耶律齊追問，青年男女有了話題，自然容易熟絡了。郭芙當時就一面看耶律齊，一面在想：

「……媽媽和他相對大笑，卻又不知笑些甚麼？」

仍然使人覺得奇怪的是，連黃蓉也不以耶律齊的身世身分為奇，好像他就是漢人一樣，聽到了耶律齊、耶律燕的名字，也不問他們和耶律楚材的關係，以黃蓉的精細，似乎不應有此疏忽。

還有一點使人感到奇怪的是，郭芙砍了楊過手臂一事，就在其時被提出來，耶律齊自然也聽到了，他與楊過互相欣賞，聽了之後，一無反應，怪之一。就算沒有反應，至少也該對郭芙有點戒心，有點反感，但也一點沒有，怪之二！

結果，眾人一齊上路去找楊過：

一路上朝行晚宿，六個青年男女閒談說笑，越來越是融洽。

這「六個青年男女」之中，最有深度的自然是耶律齊，其餘各人，程度均相去甚遠。雖然年齡相若，但是耶律齊見識多、武功強，在智力層次上也高，和楊過談得來是自然而然的事，和武氏兄弟、郭芙這種人，有什麼好談的？一個「精明練達」的人，和三個大草包在一起，應該感到乏味，但耶律齊很通人情世故，不會像楊過那樣給人難堪，「融洽」之乎者，只怕不是耶律齊本意。事實是幾天下來，武氏兄弟和郭芙究竟是什麼樣的貨色，他早已心中雪亮了！

◆ 精明練達，設詞討好

妙就妙在那幾天之中，郭芙始終未能在耶律齊口中問出「為何與媽媽相對大笑」的原因來，因為一直到了重陽宮，見到了周伯通：

郭芙這時方始省悟……

郭芙在一路上，問是一定要問的，不問就不像郭芙了。可是耶律齊不說，郭芙也無可奈何，兩人之間，智力相去太遠，郭芙在「聰穎強毅」的耶律齊面前，是什麼花樣都耍不出來的。

接下來進了古墓，在被困時，郭芙自然而然靠在耶律齊的腿上，用他的袍角來抹鼻涕，一被困只會哭，雖在黑暗之中，耶律齊也不免大皺眉頭了吧？

出了古墓，郭芙被李莫愁點了穴道，困在大火之中，其時：

武氏父子和耶律齊站在溪水之中……四人明知她處境危急，但如過去相救，只有陪她一起送命……

四個人，包括耶律齊在內，就眼睜睜看著郭芙被烈火所困！可以肯定的是，耶律齊對郭芙，直到此際為止，並無愛意。不然，愛人處境危急，就算陪她一起送命，又有何妨？哪有站在小溪之中看熱鬧的道理！

後來楊過趕到，抛起了郭芙：

耶律齊急忙奔上，扶了起來，解開她被封的穴道。

在耶律齊的心目中，郭芙要死，陪她一起死，堅決不肯。郭芙有難，在他無損自己的情形下，倒可以盡力而為，若是對自己有利呢？自然更當奮力以赴！這正是耶律齊的「精明練達」之處。

再下去，在絕情谷中，郭芙和陸無雙鬥口，耶律齊在一旁不斷提醒，郭芙只是不明白，反懷疑耶律齊看上了程英，更是不堪之至。郭芙這時：

這時郭芙對耶律齊已有情意。

但是卻絕未提及耶律齊對郭芙是否也有情意，只寫陸無雙瞧出他對郭芙有情意，這是極曲的曲筆，情意要從他人眼中看出來，那也不過如此了！

金庸在耶律齊的性格處理上，也顯得十分矛盾（或者是故意的曲筆？），請看如下一段，程英和郭芙動手，郭芙明明輸了：

耶律齊道：「……其實你們二人勝敗未分。」

耶律齊分明是在討好郭芙，郭芙聽了自然得意非凡，可是接下來金庸卻又這樣加了一句：

他性子剛直，不願飾詞討好。

才討好了郭芙，又說他性子剛直，不願設詞討好，不知是什麼意思？而且以郭芙的性格，一個男人若真是性子剛直，不願設詞討好，那麼以她的為人，非每分每秒都捱罵不可，如何會喜歡這個男人？耶律齊不但經常設詞討好，而且討好的本領還相當高，令得郭大小姐心中十分舒服，這才生了情意！以耶律齊之才幹，要控制郭大草包的情緒，真是再容易不過。恰如一句江南俗語：「三隻手指捏田螺，哪有不穩穩在手之理！」

到了這時候，耶律齊和郭芙之間的事已成定局，如何發展下去，反倒不重要了，反正郭芙鍾情於耶律齊，耶律齊又沒有缺點，自然而然，順理成章，兩人結為夫婦。至於耶律齊有多少分愛著郭芙，不必去深究，兩人的目的都已達到就是了。

◆娶郭靖、黃蓉的女兒

郭芙的目的，是有了一個丈夫，那麼耶律齊的目的，又是什麼呢？絕不是有了一個妻子那麼簡單，而是從此有了前程，得以充足，可以安身立命，大展鴻圖了。

若說這樣講是侮辱了耶律齊，那麼對不起，請在《神鵰俠侶》一書中，找出耶律齊真愛郭芙的證據來！找不到是不是？找到的，全是耶律齊這樣的人，根本不可能愛郭芙這種笨人的證據，耶律齊娶的不是郭芙，而是郭芙的身分：郭靖、黃蓉的女兒！

等到郭芙和耶律齊再出場時，已是《神鵰俠侶》的下半部，十六年之後的事了。那時郭芙、耶律齊已經成婚，成婚的經過如何，連「一筆帶過」都沒有，也不知是哪一年哪一月的事。

那時，郭芙已經三十出頭，古時女子三十歲不嫁，便是怪事，就算郭芙和耶律齊結婚了十年，他們兩夫婦未見有孩子，是夫婦感情不好，還是別有原因？還是耶律齊根本不把郭芙當妻子？似乎問題極多！

到後來，擂台比武，爭那丐幫幫主之位，金庸有幾句皮裡陽秋的話：

……耶律齊是郭靖、黃蓉的女婿，與丐幫大有淵源，四大長老和眾八袋弟子都願他當上幫主，他又是全真派耆宿周伯通的弟子，全真教弟子算來都是他晚輩。凡是與郭靖夫婦、全真教有交情的好手，都不再與爭。

這就是娶了郭芙做妻子的好處之一了！好處之二，是像郭芙這樣的笨女人，以耶律齊之聰明練達，簡直可以將她隨意玩弄於股掌之上，比黃蓉玩弄郭靖還要容易得多了！

耶律齊的身分，直到他快當上了丐幫幫主之時，才被霍都叫出來，但耶律齊回答說父親被蒙古皇后毒死、哥哥被殺，倒也應付了過去，若不是郭靖女婿，當時只怕至少會有一陣群情轟動。

耶律齊在初見郭芙之際，他父親的地位已是大大不妙，耶律齊自然也知道，再見郭芙時，耶律楚材不知死了也未？說耶律齊有意結交郭芙，蛛絲馬跡似乎大有可尋之處！

耶律齊後來終於當上了丐幫幫主，自此之後，書中在黃藥師點將時，他的名字現了一現，又在楊過和金輪法王大戰時，現了一次名字，當時他站在黃蓉的旁邊：

黃蓉……搶過耶律齊手中長劍……

這一點看似閒筆，其實十分重要。耶律齊娶郭芙，圖什麼詭，郭芙這個笨人一輩子也不會知道。但是瞞郭芙易，要瞞黃蓉，卻千難萬難，所以耶律齊花在對付岳母大人身上的精神，比花在嬌妻身上要多得多，理宜時刻在岳母大人身邊者也。

後來楊過救耶律齊，郭芙忽生思嘆，一面感到「齊哥又待我如此恩愛」，一面又感到「內心深處，實有一股說不出的遺憾」。

如果耶律齊對郭芙，有楊過對小龍女的情意的一半，郭芙也不會再有說不出的遺憾之感。她人雖笨，但總也可以感到齊哥的恩愛，有點不對頭，所以才會有遺憾的！可知耶律齊的「恩愛」，畢竟有限。

及至襄陽城役，郭靖殉難，耶律齊這個丐幫幫主，不知下落如何？觀乎他深謀遠慮，只怕不會死，就像郭芙在大火之中時，他不會去陪死一樣。

寫耶律齊寫了不少，想說明什麼，想來各位讀友也已明白了。

耶律齊真不簡單，也算他運氣好，遇上了郭芙這種笨女人！

6 黯然銷魂掌

◆卓然而成大家

《神鵰俠侶》全書之中，最高的武功，是楊過自創的「黯然銷魂掌」。黯然銷魂，正是男女情愛之中最失意的境界，《神鵰俠侶》既是「情書」，最高武功取名如此，恰當之極。

「黯然銷魂掌」一共有十七招，有一次出手，是楊過和黃藥師在一起，出手打瀟湘子等人，一出手，黃藥師便已識貨：

就只這麼一掌，已瞧出楊過自創武功，已卓然而成大家。

而周伯通對黯然銷魂掌更有極高的評價。周伯通這個人是非不分，一味頑皮，但是他對武學的認識，卻是非同小可，能得到他一言之褒，尚且不易，何況是全心全意的讚揚，推崇備至：

「……近年來最好的武功，是楊過那小娃娃所創的『黯然銷魂掌』，老頑童自愧不如。武學一道，且莫提起！」

這種毫無保留的讚揚和推崇之語，學武之士中，也只有老頑童周伯通才說得出來。這個老頑童，雖然有很多惹厭行為，但是想到什麼說什麼，不保留、不矯揉、不做作，倒是十分實在的。這種話，黃藥師就不肯說——若是在《射鵰》時的他，黃藥師連承認楊過掌法比他高都未必肯，不過到了《神鵰俠侶》，黃藥師進步了不知多少，真正有了點瀟灑起來，但是他讚揚黯然銷魂掌的話，還是不如周伯通，他只說：

「……老夫的落英神劍掌便輸卻一籌了。」

要黃藥師講出這樣的話來，已然難之又難，但總不如周伯通。毫無保留地讚揚，是需要有寬闊的胸襟的，尤其大家都學武，就需要更寬闊的胸襟，周伯通做到了這一點，這是周伯通的可愛處。

周伯通第一次見識黯然銷魂掌，是楊過要逼他去見瑛姑，楊過一將這套掌法使出來：

只見楊過單臂負後，凝目遠眺，腳下虛浮，胸前門戶洞開，全身姿式與武學中各項大忌無不吻合。

接下來楊過使了黯然銷魂掌中的「心驚肉跳」、「杞人憂天」、「無中生有」、

「拖泥帶水」四招，這四招的動作經過，都寫得十分詳細，讀者可以參閱原著。

許多人談論金庸的小說，由於金庸小說中的人物性格鮮明、故事情節曲折、文字淡雅動人等等優點，一般都忽略了他的小說是武俠小說，以及其中對於武學部分的構思和形容之妙。

這一部分，正是武俠小說的主要構成部分，不宜被忽略，所以特地舉出「黯然銷魂掌」來說明金庸在這方面的功力之深，宜乎成為武俠小說大宗師。

這路掌法：

因他單臂一臂，是以不在招數變化取勝，反而故意與武學通理相反。

而且還更有甚者：

掌法逆中有正，正反相沖，自相矛盾，不能自圓其說。

那不但和武學通理相反，簡直和所有通理相反了，難怪連武學奇才周伯通也不明其理，楊過的回答是：

「此中詳情，可不足為人道了。」

楊過是傷心人別有懷抱，別人怎麼能懂得。世界上有許多事，除了當事人之外，別人是無法明白的。明明平日行事十分有條理，聰明伶俐、玲瓏剔透、正常再正常的一個人，忽然之間，會去做顛三倒四、人人皆以為蠢不可言愚不可及的事，而且還會在明明白白的情形下，越陷越深，不能自拔，不思自拔，明知做下去沒有結果，非但不會有快樂，憂患痛苦是會越來越深，可是還是要做下去，「自相矛盾，不能自圓其說」至於極點，那又是為了什麼呢？旁人只有像周伯通那樣不明其理，搔頭自問。但那是沒有答案的，只有當事人自己明白！「此中詳情，可不足為人道了。」

在「黯然銷魂掌」的武學道理之中，忽然夾了這一段，正是有了領悟而發，勿做等閒視之。武學之道和人生之道，本來就是相通的。

有時，真正沒有道理起來，又焉知那不是道理之一種呢？

◆武功由心意控制

黯然銷魂掌還有一個最特別之處，就是和人的心境有關，和別的武功全然不同。郭靖使降龍十八掌，高興的時候威力如此，不開心的時候，威力也是一樣，可是黯然銷魂掌就大不相同。

楊過向周伯通講述黯然銷魂掌的精要之處，「反覆講了幾遍，周伯通總是不懂」，楊過只好嘆道：

「……晚輩相思良苦，心有所感，方有這套掌法之創。老前輩無牽無掛，快樂逍遙，自是無法領悟其中憂心如焚的滋味。」

不過，周伯通和瑛姑之間的情意糾纏，一直拖了那麼多年，黯然銷魂掌十七招之中，「心驚肉跳」那一招，他總應該懂的。

仔細看那十七招的名目，幾乎已將人世間男女情愛糾纏的種種現象，全包括在內了，堪稱為「愛情百態」，作為情書《神鵰俠侶》中的最高武功，自然再適宜不過了。

黯然銷魂掌，威力大則大矣，卻有一個致命的大缺點，那就是它：

……這套掌法心使臂、臂使掌，全由心意主宰……

這路掌法身與心合……

也就是說，要使黯然銷魂掌，一定要有黯然銷魂掌的心情，一定要真有，假裝的、做作的，全都不管用，武功的威力，是由心意來控制的。所以，這路掌法，在高台之上、生死一線之間，何以打敗了金輪法王之後，楊過一定再也未曾用過，就算想用，也沒有威力。因為再也沒有什麼力量可以令得他和小龍女分開，而他既然和小龍女在一起，就不會有黯然銷魂掌的心情，當然掌法的威力，也全然發揮不出來了。

所以，楊過創了這套掌法之後，總共用了沒有多少次，打瀟湘子等六人一次，演給周伯通看一次，和金輪法王決鬥一次，總共三次而已。

自此之後，楊過心滿意足，快樂逍遙，黯然銷魂掌也就如煙消雲散，不再存在了。

常常以為，就悲劇性的小說結構而言，楊過、小龍女不應該重逢。如果楊過不能再見小龍女，而又不死的話，那麼這套黯然銷魂掌，自當成為天下第一武學。

不過，還是讓楊過開開心心吧，沒有了這套掌法，就讓它沒有好了，有什麼稀奇。

人只要有快樂，其餘的一切一切，都可以不要的。只可惜，快樂是那麼虛無飄渺，別說摸到、抓到了，有時，連看都看不到，甚至，連想都想不到！唉，唯有黯然銷魂而已矣！

7

五大高手的名稱

《神鵰俠侶》最後一回是〈華山之巔〉。

金庸小說的回目變化甚多，考究起來，像《天龍八部》，回目連起來，就是一闋詞；簡單起來，像《神鵰俠侶》，每一回只是幾個字而已。

「華山之巔」，是呼應《射鵰英雄傳》最後一回「華山論劍」的。其時，洪七公死了，歐陽鋒死了，剩下的五大高手是：郭靖、一燈大師、黃藥師、周伯通、楊過。

物換星移，時過境遷，就算未曾過世的人物，身分性格也大起變化，一燈大師就由皇帝變成了和尚，各人的稱號，自然也要變更一番，於是就有了新的稱謂，可以拿來研究一下。

一燈大師由「南帝」改稱「南僧」，那是應毋庸議的，大家都同意。

北丐已死，由郭靖補上，郭靖雖然在江南出生，可是在北方大漠長大，可以佔一個「北」字，稱之為「北俠」，倒也當之無愧。

黃藥師素稱「東邪」，在《射鵰》中當真邪得可以，但到了《神鵰》，他卻反璞歸真，爐火純青，再稱他為「東邪」，不是很恰當。但是他自己喜歡這個外號，又用了幾十年，未必肯改，那就索性讓他一邪到底好了。

「中頑童」那是沒得說的了，周伯通是頑童，老而彌頑，「中頑童」的稱號十分現成。

最值得商量的是楊過的稱號：「西狂」。

這個稱號，是黃蓉提出來的。雖然不喜歡黃蓉，但要平心論事，這時黃蓉對楊過，已經心服口服至於極點，倒是不會再用什麼陰謀詭計去損楊過的了。她當時這樣說：

「過兒呢，我贈他一個『狂』字，你們說貼切不貼切？」

反應是：

黃藥師首先叫好。

楊過……和小龍女相視一笑，心想：「這個『狂』字，果然說得好。」

「狂」字贈楊過，真的好嗎？

楊過性格之中，自然有狂的一面，但那絕不是主要面，比起他用情之專、行俠之豪，不是差得太遠了嗎？

若一定要把楊過排在「西」，「西聖」可以，楊過堪稱是情中之聖；「西豪」也可以，楊過的豪氣勝概，又有誰能及？

「狂」固然有狂放不羈之意在，但是在字眼上，總覺不是和楊過很貼切。

在這最後一回中，金庸大大表揚了周伯通性格的可愛一面，他竟然全無爭名之心，要把「中頑童」的位置，讓給黃蓉。

若是黃蓉在五大高手中佔一席的話，應該稱她為什麼呢？論武功、機智、地位，黃蓉是絕對有資格佔一席的，五絕變成六絕，也無不可，黃蓉應該可以佔一個「奸」字，奸詐之謂也。

8

陸無雙和程英

在《神鵰俠侶》之中，有兩個對楊過大有情意、但是又鬱鬱不得意的少女：陸無雙和程英。這兩個少女，是無可奈何的人生典型，她們的下落如何，著實十分使人懷念，值得提一提。

自然，郭襄也對楊過大有情意，一樣沒有結果。《神鵰俠侶》一開始就寫陸無雙、程英，結局時寫郭襄，似乎是有意的安排。

就算金庸在寫作時，未有這樣的意思，但書成之後，卻又確然有這樣的效果。

◆表姊妹不同際遇

陸無雙和程英是一起長大的，陸無雙的性格開朗活潑，但遭遇卻比程英更差。

程英和陸無雙性格上的差別，一開始，兩句對白就已表露無遺：

程英道：「別叫怪人，要叫『老伯伯』……」陸無雙笑道：「他還不怪嗎？……要是鬍子都翹了起來，那才好看呢。」

李莫愁尋仇，陸家家破人亡，陸無雙竟被李莫愁擒了去，而程英則遇上了黃藥師，變成了黃藥師的小弟子。

照說，程英有了這樣的遭遇，應該是十分幸運的了，但正如李莫愁所說的：

「你這等模樣，他日長大了，不要讓別人傷心，便是自己傷心……」

後來，程英並沒有讓別人傷心，可是不讓別人傷心，就無可避免要自己傷心。李莫愁人雖不好，但不能以人廢言，她那兩句話，倒是至理名言。

陸無雙在被李莫愁帶走之後，下落甚是神秘。程英當時大著膽子追上去：

李莫愁站在面前，腋下卻沒了陸無雙。

自此之後，一直到陸無雙再出現，已經是許久以後的事情了。那時楊過下山找小龍女，遇上了陸無雙和人爭鬥，其時陸無雙已然長大，但左足微跛，她的左足之跛本來是自己摔的，但由於搶救之際，李莫愁來尋仇，所以沒有治好，成了跛足。

陸無雙性格十分倔強，她的左足跛了之後，小時候還可能不怎樣，漸漸長大之後，以她那麼好強求全，心中傷心到了什麼程度，有多少恨，流多少淚？從她最犯忌人家提她跛足一事看來，她所受的痛苦煎熬，實在不足為外人道，相形之下，程英比她幸運得多了。

本來是從小一起長大的表姊妹，因為一個變化，而變得命運截然不同，人的命運，真是不可測之極。今日，見到一群孩童在一起嬉戲，好像個個一樣，沒有什麼不同，但是若干年之後，各奔前程，是龍是鳳，誰又能做想像於萬一？

◆傻蛋和媳婦兒

陸無雙和楊過相遇，楊過其時，少年心性，胡鬧得可以：

心意已決：「一時之間若是尋不著姑姑，我就儘瞧這姑娘惱怒的樣兒便了。」

到了市集，楊過更胡鬧得更夠瞧，硬把陸無雙叫作「媳婦兒」，北方話就是「老婆」。

（目下香港相戀的年輕男女，頗流行叫「老婆仔」、「老公仔」的暱稱，莫非源自楊過乎？一笑。）

陸無雙在無可奈何之餘，就稱楊過為「傻蛋」。男女之間，若是可以有這一類的暱稱而互相不以為忤時，那一定可以發展成進一步的交情了。

陸無雙那時只當楊過是一個放牛童，而楊過的心中只有小龍女，陸無雙後來明白了這一點，也只有黯然而已。但是她不但不會惱楊過，相反地，楊過和她胡鬧的那段日子，必然在她記憶之中永遠留存，至於他日回想起來是什麼滋味，是甜是苦、是酸是辣，那只怕也只有她自己才知道了！

陸無雙落入李莫愁的手中，李莫愁沒有殺她，可是陸無雙的童年日子真是悽慘莫名，李莫愁可以隨意把她打罵羞辱，而她還要曲意迎合，委曲求全。

那一段簡單的寫陸無雙遭遇的文字，真是道盡了一個不幸小女孩的悽慘遭遇，令人對陸無雙寄以無限同情。相形之下，楊過的童年生活雖然也一樣苦，但比較起來，還是好得多了！

陸無雙的遭遇之慘，真是到了一個小女孩所能遭遇之極：

逃是萬萬逃不走的……一起始便曲意迎合，處處討好……李莫愁有時記起當年恨事，就將她叫來折辱一場，陸無雙故意裝得蓬頭垢面，一蹺一拐。李莫愁……胡亂打罵一番……陸無雙如此委曲求全，也虧她一個小小女孩……

寫得雖然簡單，可是這其中包含多少辛酸、多少屈辱、多少眼淚、多少咬牙切齒的痛恨！

看看楊過的童年：

……從此流落嘉興，住在這破窯之中，偷鷄摸狗的混日子……這幾年來，楊過到處遭人白眼，受人欺辱……

寫得也很簡單，但同樣不知包含了多少童年的辛酸！

不過楊過是男孩子，陸無雙是女孩子，而且陸無雙的處境，比楊過更苦，同樣的環境，男孩子吃得起苦，女孩子所受的委屈就更大。陸無雙的遭遇，真叫人憤慨莫名。

陸無雙的性格堅韌一面，也在她的遭遇中顯露無遺，結果還是逃了出來，而且一不做二不休，豁了出去，盜走了李莫愁的「五毒秘傳」。

這本「五毒秘傳」，後來好像並沒有起什麼作用，連提也未見提起。

陸無雙童年生涯如此不堪，她的脾氣、行為，自然不免偏激古怪，楊過初與之相遇，若不是武功高強，早已死在她的彎刀之下了。而就算陸無雙殺了楊過，她心中也不會有什麼歉疚，一個自小被人欺侮慣了的人，心理上會認定全世界人都對不起他，那麼他做些對不起人的事，也就不算什麼，他會感到反正大家都那樣，沒有什麼了不起的。童年生活對人的一生有極大的影響，作為成人，實在應該盡自己一切力量，使和自己有關係的兒童，或和自己根本沒有關係的兒童多一點快樂，少一分痛苦。

不過童年的屈辱，並沒有使陸無雙少了氣概。李莫愁找到了她，面對這個大魔頭，她：

上唇微翹，反而神情倨傲。

陸無雙這時的神情，一副豁出去的樣子，一定大投楊過之所好，因為楊過自己也是這樣性格的人。

楊過救了陸無雙，替陸無雙解衣續骨的那一段，寫得動人之極！一雙青年男女，女的裸胸相向，男的手一碰上去，如觸炭火，一大段文字之優美細膩得未曾有。同樣的情景，金庸在他的作品中也曾出現過，但是沒有這一段寫得那麼好，如《天龍八部》之中，喬峯替阿朱治傷，阿朱固然羞不可抑，但喬峯卻未免太「頂天立地大丈夫」了些，不如楊過、陸無雙一對青年男女那樣有趣。

楊過一生之中，有時胡鬧，有時輕佻，但當他有生以來，第一次看到和接觸到少女裸露的胸脯之際，他的反應倒十分君子。

楊過一心只在小龍女身上，但陸無雙這個少女，在被楊過續了折斷的肋骨之後，自然在心意上起了極大的變化。首先，她覺得楊過「容貌清秀，雙目靈動有神」了，而且，本來是幾次三番要下手殺楊過的，也變成打了楊過一掌之後就：

心下歉然，笑道：「傻蛋，打痛了你麼？」

而且，當她和楊過躺在一起躲避李莫愁之際：

心想那傻蛋定要伸手相抱，那時怎生是好？過了良久良久，楊過卻沒半點動靜，反而微覺失望，聞到他身上濃重的男子氣息，竟爾顛倒難以自已……

這一段，寫一個春心已動的小鬼頭心理，真是妙不可言。到了這時候，儘管陸無雙口中不肯吃虧，但是她對楊過的情意，已經再無疑問了。

◆既見君子，云胡不喜

楊過和程英相遇，始自程英在小客店中盜驢引開李莫愁，那時程英未現身，後來楊過和完顏萍談自己童年事，程英現身而不露面，戴著人皮面具。

程英有時候也學會了黃藥師故弄玄虛的那一套，有點做作。她在小客店盜驢之後，自然是一直跟著楊過、陸無雙的。

那時，她不知楊過是誰，但陸無雙是她表妹，一定早已認出，兩人自小在極大的危難中分手，相隔多年又重逢，理應高興得發狂才是，可是程英卻可以一直不露面，鎮定得異乎尋常。

楊過和陸無雙的種種胡鬧，程英自然一一看在眼中，陸無雙對楊過已大有情意，程英以她少女特有的敏感，自然也可以覺察得到。楊過狂吻完顏萍的眼睛，她也看在眼中。所以，程英其實最了解，其他少女在楊過眼中，只不過如過眼雲煙，楊過的心目中，只有獨獨的一個人：小龍女！

程英是最早知道這一點的，但她還是免不了把自己的一絲情意，繫到了楊過身上。程英是聰明的女孩子，她絕不以為自己可以在楊過心目中替代小龍女的地位，但是她還是情不自禁。

男女之間的情意，本來就是不能憑自己意志控制的。若是可以憑自己的意志去控制的話，人世間哪裡還會有那麼多煩惱！

程英和楊過相會，始終未曾除下人皮面具，楊過突然離去，程英和陸無雙偕行，又隔了許久才再出現。其時楊過重傷，程英帶了他回住所，楊過在重傷之餘，一直把程英當作是小龍女，程英其時柔腸百結：

……給他抱住了。羞得全身發燒，不知如何是好。

被一個重傷的人抱住了，以程英的武功而論，為什麼「不知如何是好」？不知如何是好的，是她心中的情意！不知是表達好，還是藏起來好，少女情懷，反覆思量，真是不知如何才好，她只好在紙上不斷寫「既見君子，云胡不喜」，也真是夠叫人悵惘的了。

連程英這樣善於控制自己，給人以「寧靜平和」之感的少女，一旦遇上了感情衝擊，也無法自制。情愛這一關，除非是超凡入聖，否則真是沒有人過得了的，真正超凡入聖、過得了的，又有什麼好呢？還是作為一個普通人，在情愛上糾纏一番的好。

◆情愛的無奈與悲哀

程英和陸無雙都對楊過十分好，這份好，自然是基於情意而生，三人在小茅屋中互相取笑的那一段，趣味盎然，三個人各有各的性情，也各有各的言語，那一大段討論是程英陪楊過逃走，還是陸無雙來陪，真可以抽出來，作為小說寫作的示範之用。而結果程英、陸無雙各自分別把可以保命的錦帕給了楊過，兩個少女的心意如何，至此完全揭明了。

等到大難臨頭：

表姊妹二人給楊過握住了手，都是心神俱醉。

程英和陸無雙都明知楊過有小龍女，在她們來說，這時「三人今日同時而死，快快活活」，真的可以無憾，她們的情意，在那一霎間，也就可以成為永恆。只可惜後來事情還要發展下去，陸無雙和程英在情懷上，真是無可奈何之極。尤其在黃藥師一到，楊過與之高談闊論之際，一直強調：

「人人都不許我，但我寧可死了，也要娶她。」

「我偏要她既做我師父，又做我妻子。」

楊過毫無忌憚，慷慨激昂，在他來說，是抒發自己情懷，遇到了一個可以說話的對象，痛快淋漓之極。只是難為了在一旁的程姑娘和陸姑娘，楊過的這番話，聽在她們的心中，又是什麼滋味？或者芳心之中，會對楊過更加敬佩，但是黯然神傷，是一定難免的了。

楊過無法接受陸無雙和程英的情意，那絕不是楊過之錯，楊過也：

想起程陸二女的情意，不禁黯然。

只好黯然，別無他法。世間上儘管再有辦法的人，一遇上這種事，也只好沒有辦法，因為那真是沒有辦法的事！程英只好：

心中微微一酸，裝作渾不在意。

等到楊過在傻姑口中問出了父親的死因，大叫離去，程英和陸無雙兩人，只好憑相思來打發日子了。

至多就是這樣了！

楊過離去之後，李莫愁是不是又來生過事，書中皆未明寫，而且黃藥師要楊過在三年之後去打敗李莫愁，也沒有了下文，因為三年之後，楊過武功大進，李莫愁早已不是敵手了。

程英、陸無雙再現身，是在絕情谷中，楊過和小龍女在一起。程英和陸無雙的心意，又有一番明寫：

程陸二人以前見楊過對小龍女情有獨鍾，心中不能不含妒念，此刻一見，不由得自慚形穢，不單是為了小龍女的美麗，楊過早就對程英說過：「我想念她，倒也不是為了她的美貌，就算她是天下第一醜人，我也一般想念。」

一個女人能令一個男人情有獨鍾，日思夜想，其中一定有道理在，這個道理也只有局內人能明白，局外人至多只能憑外貌的美醜來判斷，但天下也盡多醜女醜男，能令異性情有獨鍾、神魂顛倒的，其間原因之複雜，局外人又豈能知悉？

到最後，最不想出現的場面終於出現。其時，小龍女跳崖，楊過傷心絕倫，但是愛心不變：

楊過道：「兩位妹妹，我有一個念頭，說出來請勿見怪。」

楊過和程、陸兩人之間，已經熟得不能再熟，楊過忽然在說話之前，先來上「請勿見怪」這一句，那是他知道，這話說了出來之後，兩人是一定要見怪的！但是又非說不可！

楊過的話是：

「……我並無兄弟姊妹，意欲和兩位義結金蘭，從此兄妹相稱，有如骨肉。」

而程英的反應是：

心中一酸，知他對小龍女之情生死不渝。

陸無雙的反應是：

……低下了頭，眼中含淚……強作歡顏……聲音已有些哽咽……

再下來，楊過教陸無雙武功，然後悄然而去，「陸無雙心中大痛」，程英一面說什麼人有聚有散，一面還是忍不住流下淚來。

在《神鵰俠侶》第二部分中，程英、陸無雙兩人又出現了幾下，但已不起什麼大作用了。這兩個可愛的女子，情義深重，實在使人縈念。

金庸藉陸無雙和程英，寫出了情愛纏結中的失意和無可奈何，卻又寫得看來十分平淡，但是在平淡之後，又藏著那麼深切的悲哀，就像是程英在說了「人生離合，亦復如斯，你又何必煩惱」之後，忍不住要流下淚來！

號啕痛苦，固然悲哀，但悄然落淚，更是悲至極點！

程英是上等人物，陸無雙雖然性情偏些，但後來在絕情谷中，很調侃了郭芙一番，所以也可以列入上等人物之中。

9 王重陽和林朝英

◆愛得無味之至

《神鵰俠侶》中，寫了許多形態不同、遭遇不同的男女之情，有的纏綿極致，有的無可奈何，有的迴腸蕩氣，種種不一；但是有一對，卻無甚名之，只好稱之為十分無味。男女情愛，本來是絕不應該流於無味的，若無味，愛之作甚，棄之可也。但是偏偏就有無味的，王重陽和林朝英之戀就是。

王重陽和林朝英，都是在《神鵰俠侶》中未曾出現過的人物，在書中，他們的身分已是「祖師」和「祖師婆婆」。但當他們在生之際，他們是愛過的，雖然愛得無味之至，但總是愛過的。他們相愛的經過情形，全是在他們下一輩的人口中道出來的。

一男一女相愛，而會流於無味，自然是這一男一女的性格上都有毛病。王重陽和林朝英皆然，而看起來，王重陽的毛病更大。

王重陽是一代武學大宗師，東邪西毒南帝北丐，他是中神通，是一個大人物，可是看看這個當年華山論劍，武功天下第一的人，在自己所愛的女人面前怎樣為人，真叫人笑痛肚子。

林朝英和王重陽本來是勁敵：

「先師一個生平勁敵在墓門外百般辱罵，連激他七日七夜，先師實在忍耐不住，出洞與之相鬥。」

林朝英是一個女人，而且，一定十分顧及身分，不是下三濫、惡潑婦，罵起人來，罵得再兇，只怕也不會惡毒難聽到什麼地方去。那一段話是丘處機轉述的，想來有點與事實不符，要不是王重陽平日為人太差，可以給人罵的地方太多，所以林朝英才能連罵七日七夜，把王重陽自活死人墓中罵了出來。

林朝英倒是一番好意，王重陽總算也明白了：

「恍然而悟……二人經此一場變故，化敵為友，攜手同闖江湖。」

王重陽和林朝英攜手同闖江湖，這份交誼就不簡單。照說，男女在一起，日久生情，那是必然之事，要是時日久了，生不了情，自然再不能攜手同闖江湖下去，必然要分手，各奔前程。

可是林朝英、王重陽這一對，妙在又不是沒有情意，但是一個：

「心高氣傲，始終不願先行吐露情意。」

另一個：

「常說：匈奴未滅，何以家為？」

看到這裡，曾忍不住罵一句「去他媽的」！有那麼做作的女人，就遇上了那麼不知所云的討厭男人。既然如此，那就分手算了，可是兩人「因愛成仇」之後，還要約好了比武。

男女之間，合則合，不合則分，若是世上每一雙男女，不合而不分，都要相約比試一番，那只怕要比爆發核子戰爭更亂了。但是這兩大高手，卻偏偏分又不肯分，合又不肯合，硬是要大打出手，才始過癮。

而且，他們比武的賭注也很奇特，女的說：

「若是我輸了，我終生不見你面，好讓你耳目清淨。」

這算是什麼屁話？這男人若是你不要見的，輸也不要見，贏也不要見。若是要見的，別說輸贏，死活都是要見，這種比武，比個屁！

◆愛意不深，糾纏不清

王重陽是不是真愛林朝英呢？這一點，林朝英自己不明白，旁觀者，尤其是《神鵰俠侶》的讀者，心中卻是雪亮的，曰：根本不愛。

一個男人，若是有一個女人願意委身下嫁，而這個男人還推推搪搪，說什麼匈奴未滅、何以家為；又或者拖拖延延，說什麼還有困難，那麼，女的就應該立刻明白：那男人是不愛自己的。若有真愛，飛撲答應都來不及，哪有這麼多囉嗦！

林朝英不明白這個道理，她給王重陽兩個選擇：娶她，或是出家。結果王重陽硬是揀了出家這一條路，做了道士，而林朝英只好在活死人墓中鬱鬱以終。

王重陽也感到林朝英「才貌武功均是上上之選」，又有「一片深情」，但一到要結為夫婦這個節骨眼上，王重陽就打起退堂鼓來，自然不是為了「匈奴未滅」，只是因為愛意不深。

而林朝英竟然連這一點都不明白，豈非無趣得很。而更無味的是王重陽愛意不深，或根本沒有愛意，林朝英不明白，王重陽自己不會不知道，那就該早早不和林朝英在一起，為什麼還老是在一起，時時比武呢？真不是東西之極了。活死人墓中另有秘道通出去，王重陽就為了愛面子而沒有告訴林朝英，只說什麼下了「斷龍石」，就可以和敵人同歸於盡，這樣子裝英雄騙女人，那簡直不能算為上流行徑了！

總之，這一男一女，糾纏不清，一塌糊塗，在情愛上一點也不像是武林高手，反倒像市井無賴，兩人全是下等人而已。

金庸有一段相當長的文字，形容王重陽和林朝英兩人間的事，歸咎於「兩人爭競之心始終不消」，其實，那也只是「果」而不是「因」。因，還是在於王重陽在情愛上不夠，若是愛得深、愛得夠了，怎麼還會有競爭之心？明明可以勝過，也要假裝輸了，而且還要裝得像，不能讓對方看出來，要使對方認為自己是真贏了，那才是真正愛對方的行動。尤其是男人，除非根本不愛，不然一定要有這種氣度。

所以，天下女性聽著：若是你身邊的男人，處處要和你爭勝，要小心一點。自然，你也不必處處和他爭勝，只要你真是愛他，對不對？

金庸的那一大段文字，見第七回〈重陽遺篇〉，由於相當長，所以不抄了，讀者可自行翻閱。這一段文字，實在是男女愛情寶鑑，不可等閒視之。

像王重陽這樣，連林朝英死了之後，他看到了玉女心經，還要不服氣，寫下了什麼「重陽一生，不弱於人」，真正狗屁！

10 楊過和小龍女

談《神鵰俠侶》，當然不能不提到楊過和小龍女。由於以前已經談過許多，唯恐重複，所以先考慮不再談了，但是結果還是非談不可。不談，意難盡興；談了，就算有多少重複，似乎無關緊要。

◆十六年漫長等待

楊過和小龍女這兩個人，自從一見面開始，命運便緊緊結合在一起了。小龍女的一生，因楊過而改變，而楊過的一生，也因小龍女而改變。

男女之間這種情形相當多，何以天下芸芸眾生，偏偏會遇上了呢？相遇的機會，甚至有的是十分之偶然的，錯過了那一時那一刻的相遇機會，以後終其一生，可能再也不會有同樣的機會。

但偏偏就是那一霎間的偶遇，改變了雙方的一生。這是命運的奇妙，其間一定有可解釋之處，但是人類的智力，到如今還未能解釋，只好歸諸命運的安排。

楊過、小龍女在一起，凡是看到的人，無不嘆服他們是天造地設的一對，楊過不能沒有小龍女，小龍女也不能沒有楊過。在金庸筆下的男女，似乎沒有一對像楊過、小龍女那樣匹配的，段譽可以沒有王語嫣，喬峯在阿朱死了之後，還可以一樣去當他的南院大王，虛竹找不到夢姑也就算了，令狐冲沒有盈盈，也還可以活下去……唯有楊過和小龍女，是絕對二而一、一而二，沒有法子分得開的，分開了，就等於兩個一起完。

小龍女很明白這一點，所以她在非死不可之際，在石崖上刻下了「十六年後，在此重會，夫妻情深，勿失信約」十六個字。

小龍女在刻這些字的時候，肝腸寸斷，那是不消說的了。她知道自己要是死了，楊過必定活不下去，所以才說什麼十六年之後再相會。

小龍女不善於說謊，她刻下了那些字，是對楊過第一次說謊，也是最後一次說謊。這個謊話，若不是黃蓉看透了小龍女的心意，編出什麼「南海神尼」的故事，楊過只要靜下來一想，也立即會明白，給黃蓉這樣一騙，楊過也就不再去深思了。

其實，楊過在那十六年漫長的等待之中，是一天快樂也沒有的，一天一天地數著日子，甚至，一個時辰一個時辰地數著，所謂度日如年，大概沒有比那十六年中的楊過更知道這四個字的意義了。

楊過沒有想到小龍女會騙他，所以耐著性子，忍受著寂寞苦楚等待，心中充滿了希望。當他和黃藥師相遇，得知並無南海神尼其人時，他的失望真是難以形容，他當時大叫：

「原來盡是騙人的鬼話……都是騙我的！」

一句「都是騙我的」，似乎連小龍女也責怪在內了！

小龍女的原意，是想時間可以消除楊過的痛苦。時間，的確可以使痛苦漸漸變得平淡，但是那只是發生在普通人身上的事，這種事，不會發生在楊過身上，過了十六年，楊過對小龍女的思念，只有越來越甚，對小龍女的情愛，也只有越來越深。小龍女有時間可以使楊過忘了她的念頭，實屬不該，雖然在當時的情形下，她實實在在是沒有辦法了，才出此下策的，但還是不該。她應該知道，到時她如不出現，楊過在經過了十六年寂寞的歲月之後，再遭受這種打擊，那痛苦之深，只怕當世再也無人能及了！

多活那十六年，再加上「愛人失約」，叫楊過怎麼忍受？小龍女當時既明知自己一定「失約」，何必讓楊過多活十六年？

小龍女對於生、死，本來看得十分淡：

「人人都要死，那也算不了甚麼。」

可是自從楊過闖進了她的生活之中，她的觀念起了徹底的改變，其時，她可以把自己的生死看得淡，但是卻又非把楊過的生死看得重不可，希望楊過可以活下去。這是十分矛盾的一種心境，也只有把所愛的人放在自己之上時，才會有這種矛盾的心情出現。

◆相思之苦化為雲煙

果然，楊過到時候等不到小龍女出現，悲痛欲絕：

花香浮動，春意正濃，他心中卻如一片寒冰……

終於，他發覺小龍女在騙他，他大叫「怎地你不守信約」，他萬念俱灰：

雙足一登，身子飛起，躍入了深谷之中。

以小龍女對楊過了解之深，十六年前，她留字跳下深谷之際，絕對應該知道十六年後會有這樣的結果，而她當時又絕無可能知道深谷底下另有天地，不但可以活下來，而且可以把身中劇毒去盡，她這樣做法，是不是很應該呢？

若是小龍女料到時間不能沖淡楊過對她的愛戀，不留下那兩行字，要楊過多活十六年，楊過立時就跟著跳下去，兩人在谷底天地之中，無憂無慮，不受任何人干擾，度那十六年快樂光陰，那有多麼好！比到南方去養小鷄小鴨又強得多了。

或曰：小龍女哪知谷底另有天地？

不知道，更應該如此做，兩個人一起葬身谷底，也沒有什麼不好，好過楊過一個人孤獨十六年之後，也是一樣死於谷底。

一個人多活十六年、少活十六年，真是一點意義也沒有的事，重要的是活著快樂不快樂。活著卻不快樂，多活一百六十年卻又怎的？

在谷底，楊過小龍女重逢，這當然是他們兩人一生之中最幸福的一刻了，其中有一句小龍女的話，頗值得注意：

「倘若我不是從小在古墓中長大，這一十六年定然挨不下來。」

那麼，楊過呢？楊過不是從小在古墓長大的，楊過是一個熱血沸騰的人，這一十六年是如何挨下來的？肯定比小龍女挨得更痛苦得多！

所以，楊過雖然身在極度的痛苦之中，也忍不住嘆息，問小龍女何以定了十六年，不是八年：

楊過嘆道：「你為甚麼想到一十六年？倘若你定的是八年之約，咱們豈不是能早見八年？」

揚過的言下之意是：如果你根本不訂什麼約，咱們當時就可以在一起哩！

小龍女的解釋，不是很能自圓其說：

「我知你對我深情，短短八年時光，決計沖淡不了你那烈火一般的性子。唉，那想到雖隔一十六年，你還是跳了下來。」

小龍女真是大錯特錯了，人要變心，別說八年，八天也變哩。《大劈棺》中，八個時辰也變哩，哪裡要以年來計，用日來計已經足夠。若是不變的，一百六十年也不會變。

她自己多受了十六年相思寂寞之苦，也令楊過多受了十六年相思寂寞之苦。

在小說中看看容易，十六年，只不過是三個字而已，但實際生活起來，十六年寂寞相思的日子，真不是普通人所能忍受下去的；思念之苦，連一個晚上，也如漫漫永無盡頭一樣，何況是十六年！真的連想起來都不禁要打冷戰！

楊過小龍女終於又相會了，在相會之後，想起過去一天一天、一夜一夜的孤單日子，那是極有價值的回憶了。

楊過、小龍女重逢那年，楊過三十六歲，小龍女四十歲。

楊過初見小龍女時，小龍女十八歲：

「今日是那姓龍的女子十八歲生辰。」

而楊過那年十四歲：

這年楊過已十六歲了……兩年之間……

小龍女比楊過大四歲。

楊過小龍女從第一次見面起，幾乎沒有安安穩穩過，最初兩年倒是很開心的，以後，各種各樣的橫逆打擊接踵而來，兩人在命運的浪潮衝擊之下，身不由主地在驚濤駭浪之中打滾，一直到二十二年之後，才再相聚，若說好事多磨，真幾乎要把人磨成粉了！

當兩人又上了山谷之後：

並肩站在斷腸崖前……兩人相對一笑，此時心頭之喜，這一十六年來的苦楚登時化作雲煙。

但願如此，但願天下受盡相思煎熬的有情男女，都有像楊過、小龍女那樣相對一笑，把過去多少相思之苦化為雲煙的一天，但願！但願！

11

瘦黃馬

又提到瘦黃馬了，每次提及《神鵰俠侶》，都提到這匹瘦黃馬，反而神鵰不與焉。那是因為每當讀《神鵰》，讀到楊過遇見瘦黃馬之際，都禁不住全身發熱之故。

瘦黃馬是千里神駒，可是卻落在傖夫手中。

問一個問題：一匹千里神駒，如果落入傖夫俗子手中，會有什麼結果呢？

答案是：千里神駒的才能被埋沒了，因為傖夫俗子不知道牠是千里馬。

這個答案，看來是肯定的了？肯定是肯定，可是還不完整。如果千里馬被傖夫當成普通馬，那倒也還罷了；最糟糕的是，千里馬總有點千里馬的特徵，這些特徵看在傖夫眼中，非但認不出來，而且還會相反，把千里馬當作下等劣馬來看待，連普通馬都及不上！

於是，千里馬的悲劇就上演了！

那匹瘦黃馬就是這樣，明明是千里馬，卻被用來拉車，而且還當牠是劣馬來用。千里馬用非其材，自然不免有點古怪，而且又無法和傖夫溝通，只好忍受著悲苦，一旦遇到了識貨的，才有機會顯出是千里馬來。不然想要出頭，不知要經過多少曲折。

像楊過遇上瘦黃馬的這種情形，不單是人和馬之間的關係，人和人之間，這種關係發生的可能更多，所謂「知遇」者是。

人是不能脫離社會而獨存的，在社會中，人與人之間的關係錯綜複雜，其中有一項關係，就是「知遇」關係。天生我才必有用，才能若是沒人知道，發揮起來就困難，一旦有人確知，自然得心應手，揮灑自如，如瘦黃馬之遇到楊過焉！

金庸寫那匹瘦黃馬，真是神來之筆，楊過救了牠之後，牠竟然無力奔馳：

只奔出十餘丈，前腿一軟，跪倒在地。

若是寫牠一脫挽索之後，立時奔馳如飛，那就太簡單了。要知道，就算是千里神駒，久在傖夫的虐待之下，也要喘一口氣的。

瘦黃馬到了第二日，仍是「腳步蹣跚，不是失蹄，就是打蹶」，一直到了七、八日後，精神恢復，元氣大足，這才「步履如飛」！

瘦黃馬還喜歡喝酒，所以曾竭力主張，牠沙場殉主，應該讓牠在臨死之前喝一個飽，然後醉死。

馬是不是有喜歡喝酒的，不可查考，至少在過往所有的飼馬經驗之中，未曾試過，或許真有喜歡喝酒的馬也說不定——小說中的情節，有時不必拘泥，《聊齋誌異》中甚有「澆以酒則茂」的菊花，《飛狐外傳》中也有要用酒來淋澆的「七心海棠」，這全是藝術的想像。

一匹瘦馬，而又喜歡喝酒，豈不是有趣？

這匹瘦黃馬，還擔當了一個相當重要的任務，就是以牠來反襯出武氏兄弟，武修文和武敦儒的不堪。

武氏兄弟見了這匹醜馬，忍不住哈哈大笑。

不但大笑，而且還要連連出言譏嘲，楊過當時連理都懶得理他們，也根本不做解釋。

本來就是！當傖夫不識千里馬，還要出言嘲笑之際，理他做甚？解釋給他聽做甚？凡是傖夫，自己無知，必然還自以為是，以為人家不好，這種村夫行徑，似乎放諸四海而皆準，到處都是一樣的。

瘦黃馬，是金庸筆下最可愛的上上動物。

12 結語

在動筆之前，曾問自己：《神鵰俠侶》已經「看」過兩次了，還有能「看」的嗎？當晚酒後，便一口答應：十天交稿。誰知道，攤開紙來，翻翻原著，發現可「看」之處，簡直無窮無盡，五萬字，只「看」了三天半就已脫稿，速度之快，敢稱一時無兩。

《神鵰俠侶》是金庸小說中十分突出的作品，楊過和小龍女是金庸筆下人物中最不能更換的一對，他們之間的愛情，是人類一直在嚮往著的一種理想愛情。

這種愛情，在現實世界中是否有，誰也不能做肯定的回答，但卻一直存在於各種形式的文學作品之中，一直存在於人的心底深處。
《神鵰俠侶》是一部百看不厭的好小說。

第二部

《神鵰俠侶》之兒女私情

陳沛然／執筆

第一章

情網

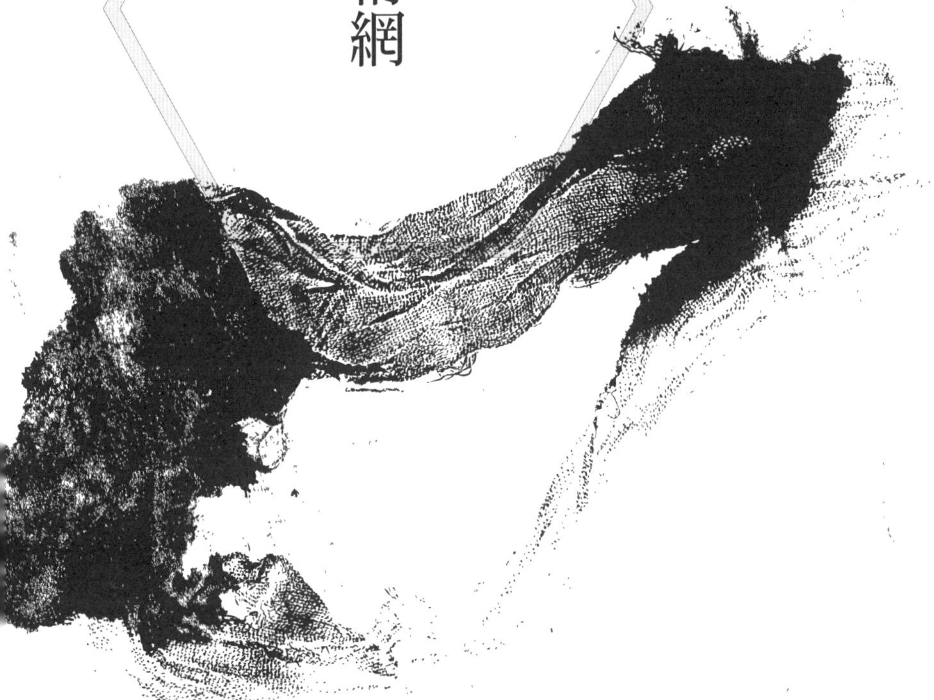

1 前言與圖解

《神鵰俠侶》的主題是兒女私情。在芸芸眾生之中，十居其九，有情皆苦。書中的人物便能表現此觀點。

本文所探討的問題便是：「問世間，情是何物？直教生死相許。」在未提出解答之前，本文先對《神鵰俠侶》中的人物——不論是多情的、絕情的或無情的人物等——做具體的解說，把各人或苦或甜、或喜或悲的表現展露出來。然後，到最後，在〈問世間情是何物〉及〈多情、絕情及無情〉二文，才正面提出解答，這部分亦是全文的理論架構；而〈豪情與抑情〉一文則是對兒女私情之進一步探討。

為使對書中之兒女私情的關係表達得更清楚，「情網圖」（參下頁）是用以附和這要求的，這也是本文用作解說的大綱。

情網圖

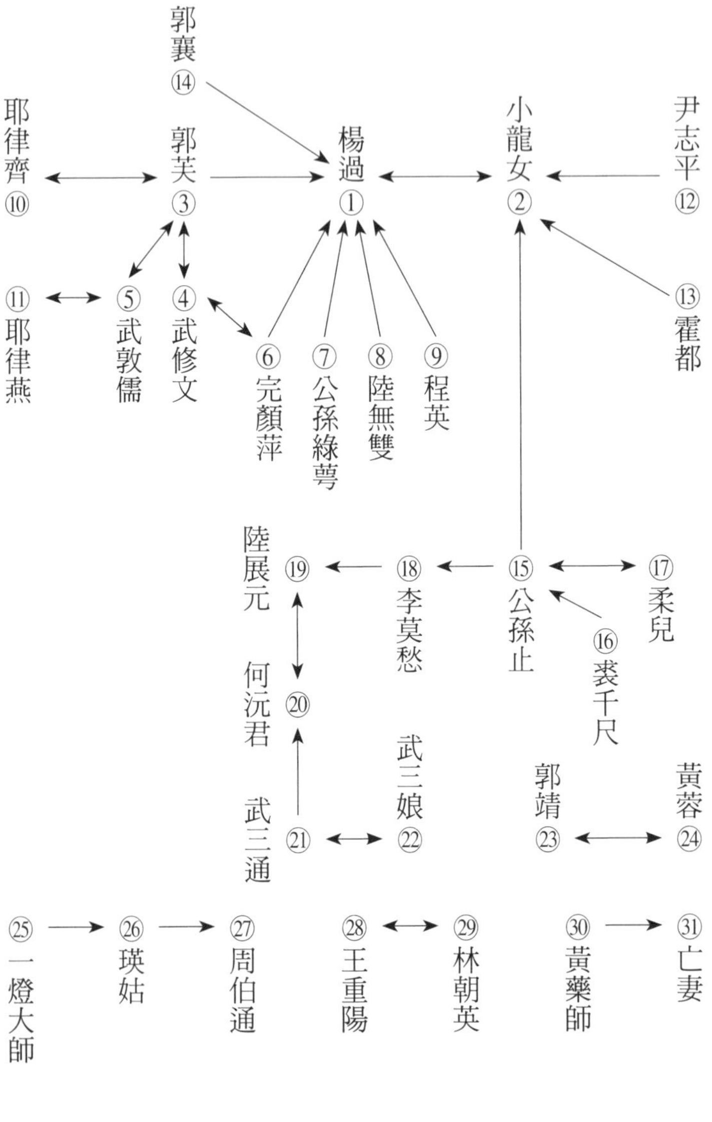
郭襄⑭
耶律齊⑩
郭芙③
楊過①
小龍女②
尹志平⑫
⑬霍都
⑪耶律燕
⑤武敦儒
④武修文
⑥完顏萍
⑦公孫綠萼
⑧陸無雙
⑨程英
陸展元⑲
⑱李莫愁
⑮公孫止
⑰柔兒
⑯裘千尺
何沅君⑳
武三娘㉒
郭靖㉓
黃蓉㉔
武三通㉑
㉕一燈大師
㉖瑛姑
㉗周伯通
㉘王重陽
㉙林朝英
㉚黃藥師
㉛亡妻

情網圖解

↓ 一廂情願　↕ 兩情相悅

① ↕ ② 楊過與小龍女之至性至情
③ ↓ ① 郭芙對楊過之嗔情
⑥ ↓ ① 完顏萍對楊過感激之情
⑦ ↓ ① 公孫綠萼對楊過之悲情
⑧ ↓ ① 陸無雙對楊過無雙之情
⑨ ↓ ① 程英對楊過之幽情
⑭ ↓ ① 郭襄對楊過之傷情
⑫ ↓ ② 尹志平對小龍女之禍情
⑬ ↓ ② 霍都向小龍女求親之情
⑮ ↓ ② 公孫止對小龍女之貪情
④ ↕ ③ 武修文與郭芙之三角戀情
⑤ ↕ ③ 武敦儒與郭芙之三角戀情
⑩ ↕ ③ 耶律齊與郭芙——夫妻之情

⑪ ↕ ⑤ 耶律燕與武敦儒——新歡之情
⑥ ↕ ④ 完顏萍與武修文——新歡之情
⑯ ↓ ⑮ 裘千尺對公孫止之仇情
⑰ ↕ ⑮ 公孫止與柔兒之柔情
⑱ ↑ ⑮ 公孫止對李莫愁利誘之情
⑱ ↓ ⑲ 李莫愁對陸展元之愁情
⑲ ↕ ⑳ 陸展元與何沅君之恩情
㉑ ↓ ⑳ 武三通對何沅君之不通情
㉑ ↕ ㉒ 武三通與武三娘——夫妻之情
㉓ ↕ ㉔ 郭靖與黃蓉之中情
㉕ ↓ ㉖ 一燈大師對瑛姑之激情
㉖ ↓ ㉗ 瑛姑對周伯通之思情
㉘ ↕ ㉙ 林朝英對王重陽之墓情
㉚ ↓ ㉛ 黃藥師對亡妻之忘不了情

第二章

多情兒女

2

楊過與小龍女之至性至情

楊過與小龍女的結合，可說是超越世俗之至性至情——二人都極盡了有情的本性而極端之多情，分別抵受痴情之大苦，最後嘗得苦盡甘來之大甜，而與世俗告別。

楊過自少父母雙亡（楊康作惡多端而被殺，穆念慈傷心欲絕而病死），故此，他自幼孤苦伶仃，到處流浪，亦盡遭別人白眼。在這境況之下成長，而形成了一副極端的性格——如熱火之剛烈。而小龍女亦是一個漂泊的孤女，被人收養於古墓之中，自幼不離古墓，修習玉女心經，摒棄七情六欲，由此亦形成一極端之性格——

如止水之陰柔。

楊過與小龍女，在性情上，一個是至剛烈火，一個是至柔靜水，應是水火不相容的。但卻是因緣巧合，由於郭靖送他往終南山學武，而全真教道士無情無理，加上孫婆婆不幸命喪，至剛至陽的楊過與至柔至陰的小龍女，便在古墓內共處，結成師徒。

◆俗世水火不相容

在世俗人的眼中，煩雜多事、世故老練的徒弟與清虛無為、不懂世情的師父，應不相配，應不能和平共處，因一個是過陽的烈火，一個是至陰的止水，而水火應是相生相煞的。但事實上，這烈火和止水，卻能安逸相容相處。

可是，這份安樂時光只能成就在與世隔絕的古墓內，一旦離開這世外的天地，便被外人破壞。二人一旦來到俗世，馬上被俗世之規律所限制，故此，二人如水火般相生相煞。二人在俗世共處之時，便是患難悲苦的日子多，安逸幸福的時光少。

楊過與小龍女第一次離開古墓，來到花叢中共同修習玉女心經，便被外人趙志敬及尹志平之爭鬥所破壞，使小龍女受擾而重傷，亦因此而引至她要下手殺徒兒楊過。

一旦離開古墓，在俗世之中停留，他倆便被外來的因素（世人）所侵擾，引至二人幾乎性命難保——一個重傷垂危，一個險些命喪於師父掌下。但是，就算師徒想從此只留在古墓之內，在刻意創造的、與世隔絕的環境內，想從此靜度餘生，也是不能；劫後餘生的師父想靜心養病，以及險些命喪的徒弟想悉心照料，卻也被世人騷擾——洪凌波已為盜經而來，其師赤練仙子李莫愁亦追蹤而至。這兩個外來因素，便是強自衝進二人清靜安逸的世界，而迫使小龍女與她們同歸於盡，要共死於封閉的活死人墓內。

◆ 生死相許見至情

不過，無論個人如何不能主宰外來因素之侵擾，如何不能控制變化無常之世幻，作為主體的有情眾生，卻能在這常變的世界中，主宰自己的心意情意。故此，小龍女要趕楊過出古墓，楊過雖不能主宰李莫愁不害師父，也不能主宰師父的決定（下斷龍石封墓），但他卻能主宰自己的決定，自決地去而復返，自決地誓死也要跟隨師父，自決地冒死也要護著小龍女，擋在她身前。

楊過之自決，生死相隨師父（這也是楊過至剛至陽之極端性格的表現），對關懷自己的人，為她死了也是心甘情願，這就是楊過之至性至情。

而至柔至陰的小龍女，自幼強抑天性，修習玉女心經，壓制或喜或悲的性情，遇上了如此痴情的徒兒，自不免本性激動，破天荒兩度下淚，這便是患難之中而見之真情之淚。最後，更是起誓定情——要楊過不再喜歡別的女子，否則讓她殺了；楊過也自願發誓，若是變心，便自殺謝罪。

◆多情多醺醉

二人既已定情，便是正式走進情場之內，亦便要服從情之規律——讓對方的言行舉動影響或主宰自己的喜與悲。兒女私情本來就是以擁有對方為目的，這也是與生俱來的本性欲望，不容有第三者介入。

故此，小龍女問楊過，若另有女子待他好，他會不會待她好——如楊過說永遠只喜歡小龍女，只待她好，小龍女便會高興快樂；但楊過卻說，誰待他好，他也待誰好，於是小龍女便立時失望，手掌亦回復平日之冰冷。小龍女的高興與失望，便是全由楊過（之回答）所決定，自己卻不知不覺被他主宰了。

楊過生死與共，以身相救，小龍女便初嘗情花之甜蜜，亦進而受其微微之酒氣影響，漸漸變得醺醉，開始故意不明事理，誤而為「別人（無論是男是女）待楊過好」與「自己待楊過好」，是二者不能兼容，以致莫名其妙的失望。這便是開始嘗到情花之苦味，卻進而更添多情之痴——明知墓口已封，沒幾天便死於古墓之內，楊過本不能（沒有機會）待別的女子好，但她卻還要楊過親口發誓，終生心中只有她一個，自己才感心安心甜。

對楊過而言，小龍女要他起誓定情，便也是初嘗情花之甘，進而亦開始醺醉。小龍女跟他在終南山上，小茅屋中，養傷練功，楊過便安逸快樂；但當小龍女誤會他不要她，捨他而去，楊過便初嘗真正的分離，淒傷得肝腸欲斷，幾欲撞石自殺。這亦是服從有情之規律——初嘗甜蜜，然後醺醉，面對變幻而苦意生，卻還痴痴地執著多情。

故此，楊過便不惜千里尋師。聽到白衣少女的消息，便興高采烈；但發覺不是小龍女，便痛苦大哭。楊過之或喜或悲，便是全由小龍女（之下落）所決定，自己卻不能自主。於是，由此而死跟陸無雙，想瞧她那副嗔態；又要吻完顏萍那副楚楚可憐的眼睛；也要看程英那副溫柔憐惜的眼神，皆因她們都有似小龍女的樣態。楊過便如痴痴酒醉，將思念之情，潛意識地投射在三人之神態上，以作取代，補償分離的空虛孤寂，而自我安慰。

◆相處多災又多難

楊過與小龍女第一次離開古墓，在俗世中練功，便惹得一個重傷垂危、一個險些被師父打死。及第二次再離開古墓，共住於茅屋之中，便惹來小龍女被尹志平污辱，亦間接惹來二人誤會而分離，逼使二人寄居於俗世之中。而離開與世隔絕的古墓，來到俗世流轉，他倆都是被逼的：先是李莫愁、洪凌波強硬闖進，以武力逼使他倆離開；其後便是尹志平之玷污行為，催使師徒各自來到俗世之中。

但是，來到塵世中，世上人（也包括大俠郭靖）及社會上的行為規範，卻不讚許師徒之結合。由此而惹得小龍女黯然淒傷離去，更惹得楊過因而神智昏亂，淚痕盈盈。俗世便是以師徒之悲苦，來成就常人認為水火不相容之理，而要求熱火剛陽的楊過與冰水柔陰的小龍女，不能相配結合。楊過與小龍女便是這世俗要求下的可憐人。

便是合乎世人的意願，有水則不能有火，有火則不能有水，若水火拼在一起，必須其一有所虧損，又或是兩者俱傷。故此，二人除了能在與世隔絕的古墓內，享受一段較安逸的日子，一旦離開這世外的天地，二人便勢成水火，不能平安無事在一起，而是患難垂危常纏身。尤其是陰柔的止水小龍女，更是常常多災多難，性命難保。

與楊過共練玉女心經時，小龍女便受侵擾，而險些吐血身亡。英雄會上相逢，二人要狠鬥西域高手，小龍女也險些命喪於法王的金輪。絕情谷中再會，楊過便要與谷中眾人拚命，最後小龍女和他齊中情花毒刺，渾身痛苦難抵。回到古墓，楊過與她療傷，小龍女險些死於李莫愁的偷襲。二人躲在石棺之中驅毒，亦被郭芙的冰魄銀針所傷，使小龍女毒質倒流，命不久矣，因而引至小龍女黯然跳谷自盡，亦帶來楊過跳崖殉情。

他倆如水火般不能在一起，在一起時便患難虧損，全是世俗中人使他倆不能安逸相容，是尹志平之侵擾、法王之金輪、絕情谷主之狠毒、李莫愁之偷襲及郭芙之冰魄銀針等等，使他倆不能安逸地在一起。而至剛至陽的烈火楊過與至陰至柔的止水小龍女，二人原是互相扶持，在古墓內平安度日，只是俗世中人不允許他倆而已。

◆ 至情至性世外情

但是，儘管世人盡力阻攔，多次破壞二人之結合，卻不能因此而絕他倆相思之情。小龍女雖身在絕情谷中，卻為惦念楊過，以楊過姓「楊」，而自稱姓「柳」，以便「楊柳」相配。楊過也把相思之苦，化為「黯然銷魂掌」，寄情於招式之中。而小龍女獨住絕情谷底時，亦將往日古墓內的擺設，化為木舍茅屋之布置，以盡相思之情。

小龍女雖身在谷底，心卻寄在蜂兒身上，外飛而去，望與楊過重聚；而楊過亦苦候十多年，情不變遷，當知悉「南海神尼」乃是騙局，便跳崖殉情。沒有這多情之痴、跳崖之舉，二人也許永世不能重逢，享受苦盡甘來之大甜。（這也合楊過之性格，寧願大苦大甜，而不願不苦不甜或微苦微甜。）

這兩個至情人物，在俗世常人眼中，二人應是師徒不配、水火不容；但事實上，二人卻是相輔相成、出生入死而生死與共。師徒本不是水火不容，但俗世卻要求他倆水火不容，不能相配，故此，相對地，師徒與俗世才是水火般不能相容。二人生死相許之情，既不容於俗世，唯有離開這世俗，重新回到與世隔絕的天地，在深山野嶺無人之處，成就他倆超越世俗之至性至情。

3 郭芙與武氏兄弟之三角戀情

武修文及武敦儒兩兄弟，自李莫愁尋仇後，母親為父親吸出毒血而殉身，父親為母親之殉情而顛狂離家，結果由郭靖及黃蓉收留他倆，在桃花島過活。

在桃花島中，他倆與年齡相仿的郭芙，自幼青梅竹馬，一同成長，亦一同成熟而有情。對武氏兄弟而言，身在桃花島中，郭芙便是在此環境下的唯一對象；同樣，對郭芙而言，兩兄弟亦是她唯一理想的對象。

郭芙是郭靖大俠的長女、丐幫幫主黃蓉的千金，母親所領導的丐幫弟子中，雖不一定沒有才貌俊美或地位服人的弟子。但是，地位相當的，則非要丐幫傳人不可

（除非不屬丐幫的結構內），否則難以配得上這位掌上明珠；但接位的魯長老是個老成持重的老頭兒，故此自然不是郭芙的理想對象。其他年齡相仿的丐幫弟子，不管如何俊美，但地位低微，又藉藉無名，在郭芙眼中，自然是配不上她。

而武氏兄弟，則是郭靖、黃蓉的唯一外傳弟子，自然流露一副武學泰斗傳人之姿態，滿有一派少俠之風範，沾郭靖之光而稍負盛名，加上樣貌不醜，在桃花島中自然是郭芙唯一的一雙對象。同時，對兩兄弟而言，嬌美明媚的郭芙，當然亦是他倆唯一的理想對象。

於是，三角戀情的局面自然而形成——二武兩人雖自幼相依為命、手足情深，但為了唯一的對象郭芙，卻絕不肯退讓；而郭芙面對消愁解悶的武修文及殷勤備至的武敦儒，亦是一時難以抉擇。故此，三角戀情之均勢一直保持不變，難以打破。

◆ 曲意逢迎為多情

在此長期的拉鋸局面中，加上郭芙自幼得雙親的過分愛寵，成就一副嬌嗔頑蠻的性格。於是，武氏兄弟自然要委曲心意、極力逢迎，以換取美人之歡心。

所以，郭芙要根軟馬鞭，武敦儒便一早替她買來。她要偷聽父親與道士談話，武修文便連聲應好，不敢去的武敦儒為怕師妹發怒，亦不得不跟去。郭芙要偷看母親傳授打狗棒，武修文便拍手叫好，挨了郭芙一頓搶白的武敦儒，雖怕生事，亦乖乖地跟去了。

兩兄弟為了不想觸怒唯一的對象，不想失去郭芙，故此寸步不離，不敢頂撞，而寧願屈辱難堪，千依百順。

◆三角戀情要幻滅

但是四人在樹間之時，卻聽得郭靖想把郭芙許配楊過。本來，二兄弟與郭芙正在三角拉鋸之均勢中，楊過這一股外力加入，便要把此均勢打破，把二兄弟排斥於候選對象之門外，他倆本有二分之一的機會入選，現卻變成沒有機會，因父母之命、郭靖之言，使他倆唯一的對象真要嫁給楊過。

面對這突如其來的轉變，二武在焦慮不安的狀態中，時刻恐懼不能與郭芙成親，自然心神不快。窮根究底，此挫折自然是來自楊過（雖然楊過根本無娶郭芙之意），便要找這根源洩憤，把自己終身大事的希望化為絕望的憤怒發洩出來。因此在英雄大會上，二人想以敬酒為名，實想以一陽指點楊過的笑穴，使他笑個不停，當眾出醜，使這競爭對手的形象在大庭廣眾之前破壞無遺，使人覺得這失儀無禮的舉止行藏，實是配不上落落大方、舉止高雅的千金小姐郭芙，從而想反面地突顯他兄弟二人自己——伴在郭芙身旁的少俠，才是最佳人選。故此，以敬酒為名，以示其大方得體，滿有教養。

◆情迷意亂苦烈烈

無奈兩兄弟的武功及才智，皆不及楊過。英雄大會上，楊過大敗霍都王子及達爾巴；又智退金輪法王，把他氣走，而平息了武林風波。兄弟二人不單沒有自知之明，反而迷失理智，著著突顯其自身之短處——不知己又不知彼，只憑匹夫之勇，不自量力，要刺殺蒙古大軍統帥，結果只落得被牛筋綑綁，動彈不得。

二人對郭芙一片真情，而變得情迷意亂，完全不能自主，自己的行為舉動，完全由郭芙及楊過所決定——聽見郭芙讚賞楊過大膽機敏，敢勇鬥霍都，二人便心中酸溜溜，怕郭芙真要轉心向楊過；慶功宴上，見人人大讚楊過奮不顧身，飛身城外救郭靖，兩兄弟則只有自喝悶酒，認定楊過必能做成郭家女婿。楊過一點突出的表現，二人絕不能忍受；因楊過突出之時，正是相對地表現他倆平凡，故此，二人便想盡辦法突顯自己，要超越楊過，蓋過他突出之威風，便暗自進行刺殺。但到頭來卻換得一頓臭罵：只道二人不識大體，不明軍情緊急，不能輕舉妄動，二人卻為兒女私情，險些誤國誤民。於是，二人武功之不行、智慧之不足，弄巧反拙地完全表露無遺。因而再次給楊過一次機會，表現其俠者風範，奮不顧身，陪同郭靖到蒙古軍營救人。

兩兄弟多情之痴，不單不因受教訓而醒覺，反而進一步迷妄，完全不能自拔，而相約於城外決鬥。及被黃蓉白眼奚落後，二人不但不悟，反而又再暗自相約於荒郊，做生死之戰，鬥輸的還決定自刎殉情。二兄弟為了爭娶郭芙而拚個你死我活，絕不妥協，絕不留手。

◆三角情緣從此絕

楊過為了制住兩兄弟互相趕盡殺絕，想化解他倆不留餘地、手足相殘的生死決鬥，便使出一身絕招，以玉簫劍法及彈指神功，將二人制服。

但是對武氏兄弟而言，楊過以未來女婿之名，戰勝他倆，而逼得他們永不能再見郭芙。這便是把武氏兄弟及郭芙之三角戀情的均勢局面打破，亦是將兩兄弟的唯一理想對象奪走。而兩兄弟手足情深，卻不肯互相退讓，原就是為了不想失去桃花島中的唯一對象，但這唯一的對象，結果卻被楊過奪去。即是多情落空，相思之情無望，便覺苦不堪言，生無可戀，要提劍自刎殉情。

同樣，對郭芙而言，武氏兄弟亦是她自少至大的唯一對象，二人原也是她寄託終身之對象，但是楊過卻以未來夫君之名武力威迫，亦以為他用詭計騙得兩兄弟永不見她，既是玷污了她的清白，亦是使她相思未決之情落空，把她與二武之三角戀情砍碎了。故此，郭芙惱氣難當，出言大罵，也藉故砍了他的右臂。

在唯一的環境中，只有唯一的對象，武氏兄弟與郭芙都不想失去對方，故此造成長期之三角拉鋸局面。當這三角戀情的均勢一旦被打破，面對幻滅之時，便各有各的傷心反應——武氏兄弟生無可戀要宰了自己，郭芙氣憤沖沖要宰了楊過。但是這三角戀情之破滅成了事實，三人從這三角局面解脫後，當各自靜下來時，就把多年來多情之誓，忘得一乾二淨。武敦儒遇到了豪爽不羈的耶律燕，便隨她有講有笑；武修文交上了楚楚可憐的完顏萍，於是殷勤照料；郭芙認識了瀟灑英武的耶律齊，便嬌羞愛慕。

這也是情之特性——情本無常。多情之時便誓死只要對方，正如武氏兄弟之痴情一樣；絕情之時則忘得一乾二淨、不理對方，連話也不想和對方說一句。武氏兄弟與郭芙既從三角戀情的局面釋放出來，便能體會到世上不是只有對方才是唯一的對象（其實以對方為唯一理想的對象，原也是自己的偏見執取而虛構出來的）。於是，三人能隨緣（條件與情況）而變化，隨這緣生緣滅的世幻流轉，將以往之痴愚去除，把往日拚命之多情及惱氣之沖心，忘得乾乾淨淨。

4 公孫綠萼之悲情

公孫綠萼是絕情谷谷主的獨生女，自幼生長於絕情谷中。由於父親的管教及規限，谷中各人都要行止拘謹，既不准歡笑作樂，也不許愁眉苦臉，而要冷冷冰冰、平平淡淡地過活。（連平常之飲食，亦規定不得飲酒食肉，而只可清水淡素。）

在這一套生活模式下，各人的自然感情生活（當然亦包括兒女私情），因不敢而不會表達出來，而要成就一套既無喜、亦無悲之非情生活。故此，公孫小姐雖已年屆十七、八歲，長得亭亭玉立、貌美如花，但谷中之弟子卻無一（敢）讚賞她的月貌花顏。

可是，這一套清虛淡靜的生活模式，並不是依靠一套哲理（例如道家或佛家等），作為這種生活之基礎，使之有深度及有持久性；這種非情的生活，只是建基於谷主個人的權勢命令，建基於獨斷強制之上，而硬生生地把人之常情無理地抑壓。故此，無哲理支持而強制性情的公孫綠萼，遇上了本性多情的楊過，便一衝即開，情懷大放，而對他一片痴情。

◆三聲調笑定真情

谷中眾弟子與公孫綠萼一樣，接受同樣強制人情的生活，因此就算有愛慕之情也不敢表露，只能保持一副淡漠的神情。加上公孫綠萼是公孫谷主的獨生女，在地位上，亦不容許她輕易地許配給地位低微的弟子；論最資深的弟子，則要算是樊一翁，但他是一個長鬚老翁，自然不是公孫小姐的對象。

在這特殊的生活結構之中，公孫綠萼自然沒有適合的人選，一直以來，不知情是何物，長期未嘗過情之滋味。但是楊過的出現，打破她長期以來的孤寂，成為她朝思暮想、託以終身的對象。

楊過本不屬絕情谷之人，本不屬這權力結構之內，就算他與公孫姑娘相配，也無越分之嫌。但最重要的是他與谷中弟子不同，他沒有各人的冷淡神情，相反而言，他那天生的調笑才能，承繼其父楊康之油腔，這都是谷中眾人所缺乏的特質，對公孫姑娘而言，這便是吸引之處。故此，公孫綠萼之故意強制性情，擺出一副拒人於千里之神態，被楊過故意幾次挑逗後，便全被沖破——一逗她絕代佳人，令她笑著吐露芳名；再逗她絕情谷應稱作盲人谷，使她格格嬌笑；又讚她美色可以一笑傾谷，逗得她笑到連腰也彎下來了。

對楊過而言，只因與公孫綠萼初相見之時，見她端嚴自恃，冷冷冰冰，而要故意逗她發笑，方肯罷休，純粹是遊戲玩玩而本無他意的。可是，對公孫綠萼而言，則是她亭亭玉立以來，破天荒的三笑而折腰——折服於挑逗的情話之下，亦是初嘗情之滋味而甜在心頭。

最初楊過中了情花毒刺，想起了小龍女而指頭劇痛，公孫姑娘只是強忍不笑；但是幾聲調笑之後，甜蜜在心頭之時，見楊過指頭又再發痛，便以為他又想起意中人小龍女，故此醋意大發而感到不快，於是嗔言怪他；但聽得楊過呼冤枉，說手指疼痛，只是為了她，她便含羞奔開。這清楚地顯示，公孫綠萼由一向不用情，在情之場外，而真正踏足於情場之內，變成一多情人物。

◆多情總是苦盈盈

由楊過幾聲讚美，至呼冤為她受苦，公孫綠萼初嘗情花之滋味，既是甜蜜蜜，也是醉醺醺，但以後卻是苦澀澀，最終更是悲淒淒而多情殉身。

大堂之中，見楊過神情痛楚，她心中甚是憐惜；也冒著頂撞父親的怒氣，而語聲關切地勸他及維護他勿與大師兄相鬥；在緊急的漁網陣中，又故意網開一面，放他一條生路；更冒著受父親之重責而私下釋放受綁的楊過；又犯擅入丹房之死罪，而盜取解藥；為救楊過，也因而不惜受解衣露體之辱；及後更寧願選擇自己獲死，以換取父親饒恕楊過之命。這些都顯示公孫綠萼自三笑定情之後，便身不自主，醉醺醺地為楊過冒險冒死，進而親嘗苦澀難受之滋味。

她自來雖是多情不變，而楊過亦是多情不變，只不過楊過多情不變的對象不是她，而是小龍女。絕情谷中再見楊過之時，意中人楊過已與他人（小龍女）結成良緣；再在柳樹叢中，聽得楊過一生獨要小龍女一人，使她最終的幻想、二女共事一夫的念頭幻滅，故此便知單思成空，已成定局，而萬念俱灰，決意不想活下去。這是對情之肯定及執實不放，而要抵受之苦楚。

最後，既明白多情落空、了無結果，反正想了結餘生，倒不如以此殘身，自刺情花毒刺，以此計設法騙取母親唯一的一顆解藥，以換來自己心下喜愛的人能夠繼續生存，從而希望楊過能永遠記得她。自己既不能與他成好事，倒不如就此成全他與小龍女的好事，於是把真的解藥給他，自己卻滿身情毒，性命難保。這便是公孫綠萼的多情，轉化而成的戀情。

結果，見楊過為她的安全著想，寧願不要解藥，讓路放過公孫止，而免得父親傷害了她。就是楊過這時滿懷關切的眼光，寧不要解藥也要維護她的心意，她在這一剎那之間，認定了這份心意，接受這冒死讓路之情，而覺得死而瞑目。於是撞向父親的黑劍，香消玉殞，以使楊過不受其父威脅，好讓他能奪回解藥救命。

公孫綠萼初嘗情花滋味，聽得幾聲調笑讚美，便覺得甜蜜蜜；自此之後，便是醉醺醺，獨鍾情於楊過；但見楊過只願歸於小龍女便覺苦澀澀；但也處處維護解救楊過，結果卻是悲淒淒，死於父親劍下。由初嘗情花之甜蜜，進而微帶醉意，後來卻苦澀難吞，最終結出難看的果子。這些都符合了公孫綠萼為楊過解說情花的特性，而自己就是個例證。

5

陸無雙——無雙之情

性格胡鬧好玩的陸無雙，由於生性逞強，硬要爬上樹端摘花，結果力不從心，從樹上摔下，把左腿腿骨折斷，從此變成跛子。

活潑刁鑽的她，生得容貌秀麗嬌美，唯一遺憾的便是這隻跛足，使她的外貌美中不足。換言之，這跛足是她的瘡疤，是對她的完美之破壞與否定，因而使她對自己的跛足特別敏感。故此，道士對她的跛足多瞧幾眼，她心中便以為別人心中取笑和低看她，於是對他們一刀削下兩耳，不許他們因她的跛足而輕藐她。

旁人對她的跛足，或多或少難免有嫌棄之色，但裝瘋扮傻的楊過，卻從不將她的缺陷放在心上，反而要死纏著她，死跟她到處去，全沒有嫌棄輕視之意。

對楊過而言，只因陸無雙之嗔態，極似小龍女發脾氣的樣貌，因此與小龍女分別多時的楊過，不惜用盡腦汁、使盡武功，處處護送她。但是對跛足的陸無雙而言，自她父母雙亡，被李莫愁強虜為徒之後，從來也沒有受過別人對她如此的救命扶危、恩情千丈。

◆本是無情卻多情

原先，陸無雙甚是討厭死纏不走的楊過，楊過卻公然在鬧市之中，大聲叫道媳婦兒（老婆）要打老公，使她尷尬不已，氣得她惡狠狠地提刀斬他；另外，也趁他夜深熟睡之時，要偷偷舉刀砍他。而肋骨被襲折斷，迫於無奈被他接骨，心想傷癒之後，方一一計算、慢慢整他。

但是當斷骨接好之後，楊過又機智地使她脫離師父李莫愁的魔掌。她細看楊過的臉，雖然骯髒，卻是容貌清秀，雙目靈活有神，心中為之一動，開始對他有溫柔之意。但是當問他的武功出自何門何派，卻聽得他胡言亂語回答，以為他真是傻子，於是好生失望，回復原先的憎厭態度。

不過，後來楊過以迎親之計，再次避過李莫愁之嫌疑，又三拳兩腳地把橫著去路的丐幫弟子打走，便認定傻蛋不傻，而且是身懷絕技的。其後，他又設計教她改裝道士，再次避過女魔頭查房，從而又再表現他的機智靈敏，遠勝於自己，心中欽服不已。

而晚上再與楊過共睡一床時，不單再沒有殺他之念，反而心想楊過伸手與她相抱，可是傻蛋楊過卻全無動靜，於是心覺失望。一覺醒來後，想起自己整夜與他同睡一床，便覺滿面通紅，而語帶溫柔纏綿之意。

簡而言之，陸無雙原先對楊過討厭不已，常常舉刀斬他；但見楊過武功高超及機智過人之後，便由原先的討厭變得心下暗自喜愛不已。

故此，騎馬逃避李莫愁追殺之時，見楊過默默不語，她便主動逗他說話，問他為何不跟她說話；逃離師父之後，她更主動與死裡逃生的楊過鬥嘴打趣話；回到居室後，見楊過盤膝練功，她便怪他不陪自己說話，然後伸手去呵他癢。

◆多情總有多情恨

對陸無雙而言，在她一生之中，只有傻蛋楊過對她好，不惜出生入死護送她，完全以至親之人相待，待她真如妻子一般。對陸無雙來說，自然而言便有反應，對楊過的救命之恩和呵護之情，皆一一接納，而只對楊過暗自多情。

所以，當見楊過悉心教導完顏萍三招劍法報仇，陸無雙醋意大發，甚是妒忌，看準了完顏萍出招報仇之時，大聲呼叫，要耶律齊小心，免得上當受騙，使出左手救人而算比武鬥輸了。若完顏萍的三招劍法不能得手，她就沒有欠楊過教導之情；若能得手，完顏萍自然會感激報答他。故此，陸無雙便要破壞，阻止二人有再次親密接觸的機會。除此之外，見楊過與其表姊程英初次相見便說出姓名，她馬上發脾氣，怪責楊過不真誠相待，卻裝神弄鬼、隱姓埋名，對她只自稱傻蛋。

無論是破壞完顏萍報仇，或怪楊過假名騙她，都流露出陸無雙對楊過之多情，轉化成為爭風吃醋之嗔。而這份真情，在李莫愁追殺到來前夕更表露無遺——她把救命的護身符（一半繡花錦帕）交給楊過，寧願臨危時自我犧牲，也不願心愛的人受害。

總括來說，陸無雙一生之中，只有楊過這一男子曾經真正為她拚命；而她一生之中，亦只為楊過這一男子多情，故此這情是獨一無二的無雙之情。而這無雙之情，最後卻變為有傷之情，最終歸結於楊過對小龍女之多情，而變成結義兄妹之情。起誓結義之時，陸無雙雖語帶哽咽，卻只有無可奈何，強顏歡笑，不願接受而接受了。

另外，表姊程英對楊過之幽情、公孫綠萼對楊過之悲情，以及郭襄對楊過之傷情，也算是無雙之情——一生之中，獨一無二，只對楊過多情。但結果都是多情空餘多情恨，兩表姊妹之多情，最後只能成為結義兄妹之情，而公孫綠萼則悲淒淒地為楊過殉情，小妹子郭襄亦歸結於離別傷感之情。

6

程英之幽情

性格斯文溫雅的程英，雖是外柔內剛，卻也只敢暗暗地對楊過多情，而不敢外放多情，故此只是一幽暗之情。

臉色晶瑩、膚光皎潔如雪、面帶小酒窩的她，一生從未遇上一如意郎君；遇上了心下喜愛的男子楊過，卻只是隱幽於內心，只敢暗暗地流露，而不敢打破常規，衝破禮教嚴防，以柔柔女子之身，去追求剛剛烈烈的男子楊過。

◆ 幽幽單思幽幽情

程英雖是外表柔弱，內心卻是十分剛強，她滿有勇氣，敢拚命狠鬥金輪法王，布下二十八宿方位石陣變化，冒性命危險，救走受重傷的楊過；但她雖有外放的勇氣，對自己的喜愛之情，卻不敢直下開放表情——表達一己之多情。

遇到楊過，她十分快樂，但她不表露於容顏之上，只是間接地將歡欣之情寫在紙上——既見君子，云胡不喜？從而表達自己見了楊過這君子，十分喜樂。

她內心愛慕楊過，亦不敢開放地表達出來，只是間接地從「無射商」調子和《詩經》的簫聲之中，暗暗地讚美楊過；但被楊過洞悉之後，她便害羞地走出室外去。

她悉心照顧楊過，楊過要吃粽子，她便馬上弄給他吃；她亦悉心為楊過補好舊衣、縫好新衣，卻見楊過不肯換掉小龍女給他縫製的舊衣，也見他把自己用心縫製的新衣送給李莫愁，她只是心裡暗暗一酸，不直接表達不悅之色。

與楊過久別之後再見，發覺他手臂斷去，她固然十分關心及痛心，但最真切之情，只敢在暗自離去時，才敢為他的斷臂痛哭一場。

就算是大難臨頭之前，女魔頭李莫愁追殺到來前夕，她還是只敢偷偷地把繡花巾送與楊過，而怕被表妹陸無雙知道，又不敢對楊過當下明言，此花巾能有救命擋災之用，好使他在女魔頭手中，有機會保住性命。

無論是紙中情、簫聲意、斷臂哭、新衣酸及錦帕贈，都表現出程英只敢間接地流露一己之多情，而不敢明示自身之幽情。

◆ 幽情幽居幽幽鬱

內向穩重的程英與她開朗活潑的表妹陸無雙一樣，只敢內心暗暗地肯定及執實對楊過之多情，卻不敢公開明言表達一己之幽情；這就不及小龍女與楊過超越世俗的至性至情，他倆敢公然在英雄大會之上、千百好漢之前，高聲朗道，說明生死相許，至死不變。

程英對楊過之多情，雖亦未變遷，卻不敢朗直表達，最後只能與其表妹，亦像傻姑一樣，仍是孤單影隻，三人幽暗地幽居於故鄉嘉興，只能成就一鬱鬱之幽情。

故此，當重出江湖之時，在風陵渡口之中，她對著新開的桃花，只有借花低吟自嘆：「問花花不語，為誰落？為誰開？算春色三分，半隨流水，半入塵埃。」亦是她為自己晶瑩雪白的一副女兒嬌色，在香閨多年寂寞而單思難遣。

7

王重陽與林朝英之墓裡隱情

王重陽是全真派的創始人，林朝英則是古墓派的建立者，兩位祖師能夠在武林中公然成就一番事業、創立兩大門派，卻不敢而不能成就一己之隱情。

林朝英多情於王重陽，不顧禮教嚴防，而打破常規，強迫王重陽比武，以達成親之願。故此，她強自立約，若王重陽比武輸了，便得要讓出古墓，把她容納於古墓之內，與她共同生活、共同廝守；若不是的話，便要他出家做道士或和尚，也不願他歸於另一女子；若自己比武輸了，便一死了之。

換言之，林朝英為求達到成親的目的，不惜以死為賭注，以性命來支持其多情之舉。故此亦不惜暗施詭計，在石上偷偷塗上藥物，使石面軟化，她就能以手指在石上刻字，最終比武勝了王重陽。

既然她敢以一己之生命放上，以成就多情之痴，也當然不理負上無恥之名，衝破禮教常規，以公然比武，其實暗中以詭計強迫王重陽成婚。

可是王重陽沒有接納。對王重陽來說，若他當時答應與林朝英在古墓內共同生活，這承諾只是迫於無奈，是自己能力不足、鬥輸之後而做的決定，這使他一世英雄之氣概、領導羣雄抗蒙之威信盡喪，堂堂男子漢的威武不能保有，在此形勢之下，他是不會接納的。

另一方面，也可以說是他不敢接納。林朝英鼓起勇氣，公然打破常規，以女子之身追求男子，做出一連串希望成親之願。但王重陽卻沒有這般勇氣，接受超越常規之舉，因此不敢公開接受，而獨自離開古墓做道士，以國家大事為理由，以軍情緊急為藉口，自己安慰自己，使自己負情之舉能有理直氣壯的原因做支持，使自己心裡不致太難受，亦只能感嘆自己與林朝英沒有緣分。晚年回首當年之事，想起人家對自己之多情，便怪自己無理負情，故此也為無情拒婚而傷心大哭一場。

◆ 隱隱多情鬱鬱終

二人不能成就相思之情，皆因不敢公然抵觸常規，被世人知道，因此在世人不知之天地，在互相通傳聲息之信中，便暗暗地表達關懷之情。所以，就算是軍情緊急危殆之時，王重陽也不忘寫信給林朝英，既關切地問候其傷勢，亦為她想出有效的醫療方法；而身受重傷、性命垂危的林朝英也挺起精神，不忘寫信告知王重陽自己的傷勢，使他回信問候及寄來療方。這便是兩位祖師之墓裡隱情——在古墓之中、信件之內，把二人之私情隱隱地流露出來。

雖然二人在信中隱隱吐心聲，可是這只是暗裡的行為，而事實上，在公開的世間，他倆仍沒有結合，仍是互相分隔的，而最後亦是各自悲苦而終。

林朝英淒淒冷冷、孤孤單單，在古墓之內鬱鬱而終，只能寄多情之思於玉女劍法之中，把最厲害的劍式發揮在幻想的蜜意濃情裡，只能虛幻地想像與王重陽共同一心，互相捨命護著對方，以煞制敵人。這就是她一生的心願。但這只能成就於自己創造的劍法之中，事實上卻是孤單影隻而終。

而王重陽亦為自己的負情而傷心大哭，為自己負人所愛而耿耿於懷，亦只能偷進古墓之內，懷緬憑弔昔日之情，而最後亦是不舒而終，臨終時命眾弟子們，不得欺負古墓內的女流，也不准他們走進古墓一帶，免得他們見了古墓內的女流，又做出對不起她們的事。（可是，他的傳人清和真人尹志平，卻偏偏做出此事，而對不起古墓內的女流，暗中把小龍女污辱了。而這清和真人卻為自己的罪孽，決定為小龍女殉情，最後變成了情禍真人。）

◆兩派叛徒成心願

王重陽與林朝英二人之間，並沒有第三者介入而糾纏不清，卻是不敢違反常規，結果二人各自不舒而終。而這心願，卻由他倆的傳人，兩派的叛徒所成全，由楊過與小龍女來打破常規、超越世俗之禮教嚴防，成就多情之結合。

小龍女是林朝英的傳人，但她是古墓派的叛徒，因古墓之內，由林朝英開始，代代相傳，只准女性在內，而她違反此規，收留男子在古墓內。楊過亦曾是全真派的門徒、趙志敬的徒弟，而他也是全真派的叛徒，因他打罵師父，這是違反了江湖上尊師重道的規矩。

換言之，小龍女是古墓派的叛徒，楊過則是全真派的叛徒，這兩個叛徒卻成全了兩派祖師之心願——他們不但打破兩派門規，更違反世俗禮教，以師徒關係，結為夫妻。而且，他倆亦不像兩位祖師之偷偷摸摸，是公然地在眾人之前互相認同、生死相許，更在道士眾目睽睽之下，在重陽宮內、林朝英親手繪畫的王重陽畫像之前，公然拜堂成親，正式宣布他倆結為夫妻，成就了超越世俗之多情。

8

小東邪郭襄之傷情

年齡只有十六歲的小東邪郭襄，已甚懂人情。在風陵渡口，她聞得神鵰大俠除奸臣、教訓狗官等豪俠義舉，便是仰慕不已；加上又知悉幼時曾得楊過抱過，心中更是熱切，立意要見此英雄一面。故此，她冒險跟隨素不相識、外形怪誕的大頭鬼去了，姊姊郭芙雖盡力阻攔，她卻是不理而去。

及與楊過相見後，雖見他面目猙獰可怖（因她不知楊過戴了人皮面具），卻毫不懼他，楊過雖假意出言要害她，她反而一派天真爛漫，與他閒談，還讚他義薄雲天，使楊過無可奈何。

由於未見面之前，郭襄曾聽聞楊過的種種俠義行為，便能肯定這一位名震江湖的神鵰俠，又怎會無故傷害一個小小姑娘。因此能談笑風生，與他聊天，進而也要跟隨他到處闖蕩，既要跟他去捕捉九尾靈狐，也要隨他往百花谷找周伯通。

最初，郭襄只是聞其英名而仰慕不已，一意要與此豪俠見面相交。及見面後，親眼見他平息了萬獸山莊與西山十鬼之爭鬥，亦見他化解了老頑童、瑛姑、一燈大師及裘千仞多年來的怨恨。此種豪俠義舉，再加上得見楊過那張清癯俊秀的臉孔，不禁由仰慕變為愛慕，故此便要處處追隨他。及姊姊郭芙尋來，在人人興高采烈的慶功宴上，只有郭襄獨個兒悄悄發愁，為筵席尚未散、分手卻在即而語帶哽咽。

分別之後，在家中之時，更是常常獨自呆呆出神，有時羞澀靦腆，有時口角含笑，便是回憶相聚時的歡樂，內心不斷地數算生日之期，手中拈著楊過送給她的金針，等候與這位少年俠士相見。

到了生日之日，等了半天，她還不見楊過來到，卻只見大頭鬼獨來，便好生失望，竟要流下淚來，以為楊過背信，不來慶祝她的生日，因楊過曾親手給她三枚金針，親口許她求他三件事，生日前來襄陽城便是其中一事。

◆三個心願表深情

郭襄所求的三個心願，全部落在楊過自身之上，三個心願都是為了楊過自己。第一個心願，是要瞧瞧他的真面目，要他無遮無掩，坦誠見面。第二個心願，是要他到襄陽城來，在十六歲生日之時，跟她說話，這是要楊過把她掛在心頭，到時候來與她見面。而第三個心願更是冒死求他，隨他跳下絕情谷底，求他不要自尋短見。

這三個心願：既要他坦誠見面，也要他再次見面，更要他不可永不能再見面。對楊過而言，他應許郭襄所求三事，心中認定每件都是生死大事，但她頭兩個心願，卻只求見面，故此他只視之為孩童玩意；但對郭襄而言，這些求見，就是她心中大事，因楊過曾說過見針如見人，她快快地便把兩枚金針交回給他，好讓他見到金針，便能如見到她一般，而最後自己只留一金針，以做後路，以便能夠再求與他相見。所以，見楊過自盡永別，便隨他跳崖，求他不要永遠不見。

◆同是江湖「邪派」客

這三個心願充分流露出郭襄對楊過之多情，因此其母黃蓉對她說明楊過的身世，也暗示楊過的母親穆念慈，皆因誤用了真情，終於落得傷心而死，從而希望郭襄好自為之，不要誤用真情，免得自己枉作多情，單思有婦之夫楊過；同時也說楊過性情孤僻，行為往往出人意表，以暗示郭襄不值得為一個怪人寄以少女情懷。

可是，郭襄一笑置之，不但不否定楊過的古怪孤僻，反而出言接納及認同，自言自己也是「邪派」，故有「小東邪」綽號。「邪派」就是不守常規的人，這便是與楊過出人意表的行為相合，因她自身原也是我行我素。十六歲的小姑娘戀上了三十多歲的大俠，打破常人眼中的常規，儘管旁人好言相勸，卻也是無能為力。

所以，黃蓉以穆念慈為例，想警醒郭襄，以免誤用真情，至鬱鬱而終。可是小東邪的回答，表明了自己的立場——既動了真情，自己也是無可奈何，既然喜歡了，縱使對方有千般不是，自己也沒法子。這便是郭襄對情的肯定及執實，成為確確實實的多情人物。

◆多情到底是傷情

縱然在百花谷中，楊過也親口向她言明自己的身世，說明終身獨要小龍女，郭襄卻沒有因而放棄她對楊過之多情。同樣，她亦沒有像李莫愁、公孫止和裘千尺等否定自己得不到的對象，她並沒有否定楊過與小龍女之多情，反而默默地接納，而在生日之時祝禱，祈求上天保佑他能與小龍女重逢。最後，在襄陽城外，初見小龍女，便驚讚其天人之樣貌，而自嘆只有她才配得上楊過。這是郭襄無奈地接受現實，接納不能自主的世幻。

故此，三人在玉女峯的岩石間之時，郭襄便浮現出內心的真情：若能與大哥哥及大姊姊三人，同在這隱蔽之石後，在這世人看不見的天地中，而終身就此相聚不散，此生再無他求。心想二女共與一男，與世隔絕，在不受常規局限的世界，終身相伴，永不變遷，便是她內心多情之願。但是她自己也知道這只是空想的心願，自知不能如己之意實現，因時光無情逝而不返，她深明即使貴為皇帝，也未必事事如意之理，更何況自己不是皇帝。

郭襄之一片多情，最終卻成了傷感之情，在明月當空、秋風淒淒之中，淚珠盈盈地與楊過及小龍女揮手而別，正是：

秋風清，秋月明；落葉聚還散，寒鴉棲復驚。相思相見知何日，此時此夜難為情。

第三章

絕情人物

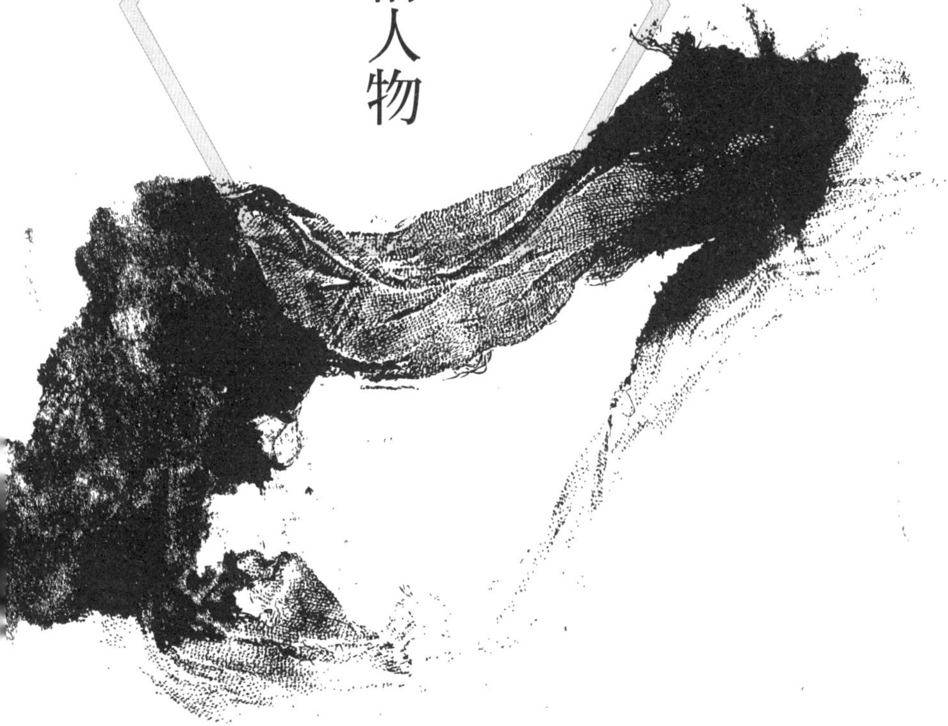

9

郭芙之嗔情

郭芙在父母呵護之下，雖頑皮肆意，卻亦能從心所欲。在一路順境的桃花島中成長，形成了嬌生慣養的小姐脾氣——集黃蓉之蠻及郭靖之笨於一身。而與她一起成長的武氏兄弟，既是年齡相仿，又是寄人籬下，加上愛慕之情，自然是千依百順，讓她處處順意。

習慣了樣樣得心應手之後，若面對自己想要的人或物，不能如意得手、佔為己有，便會否定這喜愛的對象，寧願毀了這對象，也不願給別人得到；若不能直接毀了對方，便改為間接地以言行舉止咒罵詆毀，向之亂發脾氣。楊過就是郭芙想要卻又得不到的人，故此一生對他冷酷絕情——認為付出了一己之喜好，卻得不到認為應有的回報，便以絕情回報，想把他毀了，把他的手臂砍掉。

◆逆心違意不依順

少年時，武修文相遇郭芙，想逗她說話，卻連討幾個沒趣；郭芙既不跟他玩，也輕蔑其父無能力捉鵰，更出言說他是野孩子。相反地，郭芙主動要楊過採花，楊過卻不要跟她玩，使她自討沒趣；郭芙想聽「蟋蟀打架」的結果，楊過卻故意悶她，使她再碰釘子。

郭芙與武修文相遇，使他連討幾個沒趣，但與楊過相遇，卻給他連討兩個沒趣。回到桃花島中，郭芙叫了兩聲，武修文便立即把辛苦捉來的蟋蟀給她；但她向楊過要蟋蟀，楊過卻質問她為何要罵牠小黑鬼；郭芙發脾氣踏死小黑鬼，楊過便重重地給她一記耳光。

自小以來，人人對郭芙總是事事遷就，但楊過卻處處與她為難，原也是她自身無理取鬧，只是旁人都曲意忍讓而已。正如眾人困在古墓之中，郭芙怪責武三通背後才來痛罵李莫愁；武修文見父親無故受辱，一時心意激動，厲言數說郭芙的不是，結果卻落得忙忙陪個不是，更令郭芙再發嬌嗔而難以下台。相反地，楊過對郭芙口出輕薄之言，不但不賠罪，反使郭芙出言留他。

郭芙問楊過二武哪個較好，楊過卻說兩個都不好，否則自己哪有指望。郭芙聽後，呆了一呆，便板起臉孔走開，以為楊過會跟上來賠罪，因為從沒有人敢對她說話輕薄。楊過不但不理，卻要離開，令郭芙出言留他多住幾天。

◆女兒心事心裡藏

旁人對郭芙總是曲意逢迎，但楊過對她卻是處處違心。故此，一旦楊過為她所虜、被她制住，郭芙便沾沾自喜。當打扮得衣衫襤褸的楊過，與明媚嬌艷的郭芙別後相遇時，楊過被她的美貌吸引著而目不轉睛地望著她，郭芙察覺後更心中暗自得意。

郭芙從小到大將武氏兄弟擺布得團團轉，對於能控制他倆，早已不當一回事；久別重見時，能將一向違她心意的楊過吸引著，便以為能夠開始制得住他，於是暗自高興。簡而言之，一向能順手得來的東西，她不覺得是寶貝；但一向違意難得之物，一旦能夠順意得之，便甚是歡喜。無論郭芙對楊過之喜愛是否事實，但楊過是她一向不能主宰的人，卻是千真萬確。越是得不到的，她越是想要得到，這心意雖只是暗埋心裡、藏於潛意識中，卻有點點線索可尋。

楊過不賠罪而要告別時，郭芙以英雄宴為名，盼望他留下來，因她覺得楊過說話，比之武氏兄弟，另有一股新鮮感，雖然明知他是東拉西扯，自己卻覺得很有趣。武氏兄弟千依百順，所說的話自然是郭芙心中所思所想所愛聽的話，故此，二武之說話，往往在郭芙心中早已有答案，而二武只是千方百計猜測她的心意，然後把她心中的答案說出來而已，所以當然是了無新意。楊過就不像二武的委曲心意，天生油腔滑調，我行我素，愛說自己心中之言，而不是郭芙心中的答案，因此他的胡言亂語，讓郭芙感到新鮮有趣。

二武之言，盡是郭芙意料中事，但楊過之語，處處出乎她意料之外。這點新鮮感和趣味性，便是楊過對郭芙的特別處，也是吸引之處。所以，去偷看母親教授打狗棒時，郭芙要楊過跟著一起去，也要照顧看護他；見他衣服破爛，也聲言要媽媽替他做新衣；楊過與霍都大戰，武氏兄弟說他狂妄愚魯，郭芙卻讚他大膽機敏；楊過與達爾巴相鬥，使出「移魂大法」，在場中人，除了與楊過相鬥的達爾巴之外，受其心神牽制，亦只有郭芙迷迷糊糊，中了楊過的移魂術，心神受制於楊過的一舉一動。

無意地要照顧楊過（偷看打狗棒）、聲言替他煥然一新（做新衣）、讚他機智勇敢（鬥霍都）等，都暗暗地流露她對楊過的關切及肯定，故此，就是這份心意，使自己被楊過的心靈術（移魂大法）所感應，迷得她不能自持，向他走去，受他牽制，反映了她藏在內心隱約之情，暗喜楊過之念，就算在清醒理智之時，也許連自己也不能清楚知道。（要到後來在戰場上，求楊過救其夫耶律齊時的一下頓悟，方明白這般心事。）

◆隱約真情變嗔情

郭芙除了久別後再見楊過時，以其嬌美容貌把楊過吸引了、牽制了一陣子，而心下高興了一會兒之外，自此以後，楊過再沒有如二武對她神魂顛倒。郭芙自此一剎那的高興後，由於以後楊過的行為作事如常，都不在她的主宰之中，不如旁人對她的千依百順、受她指使，因此，由隱隱約約之真情，變為明明朗朗之嗔情——一生對楊過亂發脾氣，極之冷酷絕情。

襄陽城中，人人高高興興地接待久別重逢的楊過，卻只有郭芙，見了與小龍女同來的楊過，而面露不悅之色。一向要風得風的她，若是有所要之時而不能得到的話，對她來說，是一種恥辱，也是對她一向的權威做了否定。故此，見楊過與小龍女出雙入對，便清楚顯明自己不能得到楊過，於是在酒席之間滿懷心事（究竟為何無故悶悶不樂，一向嬌生慣養、性子率直無知的她，當時恐怕自己也難以明瞭）。楊過既絕了她那隱藏不知之望，後來更絕了她和二武之情，楊過以未來夫君之名用武，迫得兩兄弟不再見她，因此郭芙怒上加怒；當她拿出君子淑女劍轉述小龍女話別之言，楊過卻直截了當地道出她潛意識的心聲——有意嫁他，而他卻不要。這是對她一向的權威及存在價值的直接否定，這讓郭芙惱氣至極。

由於郭芙自始至終不能主宰楊過，不能像制住二武一般地制住他，反被他徹底否定，明言不要她，郭芙自然怒不可當，唯有盡力出言挖苦及侮辱楊過深愛的小龍女，說出小龍女與道士鬼混的話，以盡毀小龍女的玉潔冰清。本來怒氣沖心之時，她要拔劍斬他，但這卻不及出言詆毀楊過的愛伴——楊過徹底地否定她，她便徹底地否定小龍女，這樣更能帶給她心理上報復的滿足感。心裡的創傷往往比肉體的傷勢來得更深刻難癒，郭芙便要楊過傷心重創。再者，楊過又把她與二武之情砍了，故此她也要砍了楊過與小龍女之情，要把楊過砍掉，結果砍了他一條臂。

◆冷酷絕情怪楊過

郭芙由照顧他偷看棒法、聲言替他盡換新衣、讚賞他智勇兼備鬥強敵，處處流露她對楊過朦朧不清之多情。及見他與小龍女成雙成對，因而面色不悅；更被他絕了武氏兄弟之情；也遭他出言徹底否定，故此惱氣沖沖，奪其右臂。自此之後，對他便是冷酷絕情。這是由曖昧多情之痴，變為明顯絕情之愚，也是由真情而變為嗔情了。

楊過盡力護著她那剛出世的妹妹郭襄，郭芙反聲聲怪他，罵他要抱其妹到絕情谷換解藥。郭芙以毒針誤傷了小龍女，不但不為自己的魯莽大意誤傷好人而內疚不安，反而怪責楊過和小龍女躲在棺中，嚇了她一跳。楊過傷心欲絕，破口大罵，郭芙卻怪他忘恩負義，不念昔日爹娘收留之情等。她身陷古墓外的火海中，楊過冒著頭髮燒焦之苦，救她出火場，她卻以為楊過要在她臨死前譏嘲她，這是她把自己的想法投射在楊過身上，即是若換了位置，她見楊過孤立無援、死到臨頭之時，郭芙會取笑他，說他該死（這是自己想要而得不到的人，寧願他毀了，也不願他活著而自己得不到）。在風陵渡口，店中各人都讚神鵰大俠楊過的豪俠義舉，卻只有她極盡輕蔑之顏，插嘴嘲笑楊過不配大俠之名。

護其親妹卻反怪楊過搶去換藥、誤傷好人卻反怪他倆使她受驚、不理他人重傷垂危而破口大罵楊過、性命危急時被救卻以為楊過要害她、各人讚賞楊過大俠而她卻極盡輕蔑，這種種表現，都是冷酷殘忍的心理現象，每次都是針對楊過而流露事事無理絕情，皆因自己對他付出照顧關切之情，卻得不到認為應有的回報。

郭芙自己得不到楊過的回應，卻見妹妹郭襄得楊過的種種關懷備至、溫柔體貼，故此甚是妒忌，而又嗔情亂發。在大校場上，楊過為妹妹的生日送禮——既殲滅蒙古先鋒，又火燒南陽糧草火藥，也高懸光彩耀目煙花；相對之下，郭芙從未得過楊過的悉心關懷。加上楊過人雖未到，卻將其夫耶律齊芒冠群雄之威風，壓得絲毫不剩。換言之，祝壽煙花之光彩，相形之下，使她自覺面無光采，因人人的視線只集中在天空中的煙花，而不是比武台上的夫君。

一方面妒忌妹妹得楊過的呵護，一方面又以為他故意來削她的面子，便認定楊過是她命中的魔星。以為楊過是她命中的魔星，皆因楊過從不順她的情意，使她不能心意順成。

最後，到丈夫身陷險境時，她便願意跪地求楊過救耶律齊，這時方頓悟自己的暴躁脾氣，常常無故生氣惱他，卻全是由真情變嗔情。夫君（耶律齊）與楊過，都是郭芙所喜之人，只是一個順她心意而接受，一個違她心意而拒絕；得不到楊過的認同（認許及同意），故此一生亂怪亂罵他；得到了耶律齊匹配成親，卻見他生命緊急，便是將要失去所愛之人、所許之君，所以願意跪地求楊過，從而悟到自己以往之非，內心才真正感激楊過。

在這一剎那的領悟，明白到自己一向要什麼有什麼，武氏兄弟一直拚命地想討好自己，楊過卻從不理她，從不把她放在心上，即是真正最熱切想要的人，卻無法得到。故此，雖然明知自己是有夫之婦，耶律齊待她也甚是恩愛，一生之中什麼也不缺乏，但內心深處，卻有一股說不出的遺憾——這也可說是她一生中得不到楊過而有的空虛失落感。

10

赤練仙子李莫愁之愁情

李莫愁原也是多情人，只因半途出了個何沅君，把她的愛侶陸展元奪去。自此以後，便執著這份失意，滿身愁情，一生愁怨、愁恨和愁殺。

年輕的她與陸展元有著一段風光旖旎的歡樂日子，一個吹笛，一個吹笙，常相吹奏；自己也一往情深，繡一條紅花錦帕，送給愛侶，甚是多情。

◆多情卻是總絕情

可是，這份多情卻因為何沅君的出現而落空，使她從此相思無望，由此變得絕情。

陸展元與何沅君成親拜堂之日，便是正式公開宣布李莫愁多情無望之時，於是她大鬧婚堂，只可惜被天龍寺高僧鎮住，被迫答應十年內不得跟二人為難。漫長的十年過去後，她不但沒有因時間的消逝而淡忘，反而日夜記掛在心頭。故此，時刻一到，便派弟子洪凌波來到陸家要人，陸展元與何沅君雖已埋於黃土，李莫愁卻還要遷怒其弟陸立鼎滿門九口，要全部趕盡殺絕，方肯甘心。於是火燒陸家莊，把他們安身之所盡毀。而埋於黃土的陸展元與何沅君，亦不能入土為安，二人屍骨被李莫愁親手掘出，燒成灰燼，骨灰各散於華山之顛及東海之隅，叫二人永生永世再不得聚首。

直接或間接與陸、何二人有關的人，固然無一倖免，遭其心狠手辣地對待；就是根本無關係之人，亦遭其無理摧殘。沅江上之船行，只因招牌上帶了個「沅」

字，與何沅君的「沅」字相同，便被她燒了六十三家。這確是冷酷絕情，方能下手。

而她此種種之冷酷絕情，正是反面地表明她對多情之渴慕追求。故此，少年的楊過緊抱著她身子，不讓她擄走陸無雙與程英。照李莫愁的絕情性格，楊過必被她出招打死，可是，這一抱卻是她第一次與男子肌膚相接（先前楊過也誠語地讚她美人兒），此刻心中為之一凜，全身發軟，便不下手殺楊過。同樣，在古墓中，楊過奮不顧身，再次緊抱她，不讓她傷害小龍女，李莫愁感受到一股男子熱氣，覺得蕩心動魄，全身痠軟無力，而心神俱醉、暢快難言，不但不擊殺楊過，反而不想掙扎。同樣，正是趕盡殺絕陸家滿門時，見程英及陸無雙頸上的錦帕，正是昔日多情的信物，正是給陸展元定情的繡花巾，便想起已是十多年了，昔日愛侶還沒有把這定情之物扔掉，仍然保留著這份情意，因而想起昔日的柔情蜜意，不忍下手殺人，把掌力收回。

◆並非天生是絕情

受擁抱而心神暢快，及見錦帕而收手不殺人，正顯示她一旦嘗到情的滋味，便能得以安頓，不恣意殺人，不冷酷絕情。原本她亦不是天生歹毒，只是失意後變得狠戾殘暴。

故此，遇到嬌美可愛的女嬰郭襄，她天生的母性便自然地流露出來，每日盡心擠豹奶餵養她，也曾想過，即使小龍女用玉女心經來交換，她也未必肯交還如此趣緻可愛的小嬰。後來遇到黃蓉想搶回女嬰，李莫愁為著處處維護她，以致身露破綻，被黃蓉以竹棒痛打；及至敗於黃蓉手下，也誠懇地要求黃蓉別害小嬰孩。這都表示她並非生來冷酷乖僻。

帶著可愛的嬰兒，她便流露善良的天性，以弄兒為樂，心頭暢快，因而也把有供奶之恩的母豹鬆綁釋放；又遇上了她趕盡殺絕的對象——武氏父子三人，見他們均是多情種子（兩兄弟為一個師妹而拚個你死我活，父親為一個養女而傷心一輩子），故此出言饒他們不死，而不殺他們。若是平時，無論他們多情與否，只要她心下喜歡，便隨便殺人。

◆絕情害人終害己

她自情場失意後，更是憤世嫉俗，痴怨愁殺，不但否定自身以往的一片多情，亦否定別人的一片多情。

故此，在古墓內，見楊過冒死也要護著小龍女，心裡雖是羨慕，卻想起陸展元的負情薄倖，於是亦否定楊過之多情，一劍向其喉頭刺去。同樣，追殺徒弟陸無雙時，見三人置生死於度外，而手牽手地心神俱醉，三人一片蜜意多情，準備好了共赴黃泉之路；李莫愁倒要否定此三人多情之樂，要以淒怨的曲聲，把三人折磨得悲哀難受，才擊殺他們。

她不但要否定多情，連無情（不在情場之內）的人也要否定。傻姑以爛漫天真的兒歌，把她傷心欲絕的哀歌衝破，李莫愁便要對付這不知情是何物的傻瓜，要把這不在情場之內的無情人物擊殺。同樣，無情的天竺僧，在情花樹下低頭覓藥，她也不問情由，射出冰魄銀針，把這無情的和尚打死了。

若不是無故地射殺了天竺僧，這神僧便能解她滿身的情毒。結果，這個由多情變絕情的李莫愁，一生身中痴情之毒，卻不甘自己獨自可憐，而要天下人都陪她一樣傷心難過，以致胡作非為，最終害人又害己，而情花劇毒發作，無藥解救，痛苦難當，抵受不了而跌入火海之中。但至死都不肯悔改認錯，臨終還是執著多情之痴、絕情之愚，在火海中始終站直身子，不肯低頭，更以淒厲的歌聲質問世人：「問世間，情是何物，直教生死相許？……」帶著她沒有答案的質問離開人世。

11

絕情谷之絕情——公孫止與裘千尺

公孫止承繼先人基業，成為絕情谷谷主；裘千尺乃鐵掌幫幫主裘千仞之妹，身懷絕頂武功。由於因緣巧合，裘千尺追殺賊人而進入絕情谷中，與公孫谷主相遇。最初二人相遇，一個是一谷之主，一個是武功蓋世，加上年齡相仿，自然久相傾慕，最後結成夫婦。

夫婦二人在共同切磋武藝時，由於裘千尺造詣較高，自然容易看出公孫止家傳劍法的缺陷，於是為夫君苦煞思量，為他創造新招，以補其劍法漏洞，使其武功大增。而公孫止當然是樂於學習、忙於接受。

換言之，二人由兩情相悅、互相都以對方為目標而結成夫妻。自此之後，公孫谷主便以裘千尺為學習武功的對象（當然，裘千尺也樂於助夫君一臂之力，練好武功，以保護自己，以守百年基業，以便長相廝守）。即是，公孫谷主以裘千尺為工具，使自己能夠有進步，在武藝上能夠走向登峰造極。

可是，無論公孫谷主的武術如何精湛，其劍法始終是由裘千尺為他創造的，因此基本上，公孫谷主始終無法超過妻子的武術造詣。換言之，在武學的關係上，裘千尺始終是公孫止的師父，公孫止始終未能超越她；裘千尺始終都是支配者，公孫止要聽聽話話地學習練武，成為一個不能自主的被支配者。（若他能自主，則無需裘千尺的指導，以補其家傳劍法的不足。）

結果，公孫谷主苦練成功，把劍法破綻修補，達至完美的境界。亦因為劍法已練成，對公孫止而言，作為他的工具的妻子，沒有利用的價值，再沒有新的及更高的武藝可學。若是人與物件（工具）的關係，人用完了物件，完成了自身所訂的目標，便可把這物件置之不理，棄之不用，放在一旁。但公孫止與裘千尺的關係，卻不是（或不只是）人與物件（工具）的關係，而是夫妻關係，他武藝學成之後，不能就此把裘千尺棄置不理；再者，妻子的功力始終在他之上，他自己是不能抵抗的，就算他想放棄這個對象，想棄妻也是不能。

對公孫止來說，一方面目標已達成，妻子再無利用價值，卻又不能否定、斬斷現存的夫妻關係；另一方面，他又不願從此成為裘千尺的附屬品，不願永遠都是個被支配者，因他的武功始終不及妻子，故此只有屈服。在此矛盾的心態下，他只有委曲求存，表面上對裘千尺千依百順、阿諛逢迎，心裡卻時刻要打破這種關係，不甘成為一個被別人支配的人。因此，他暗地裡與丫鬟相好。

他與丫鬟搭上，使他重新恢復成為一個支配者，成為一個自我主宰的主體。在原來的權力結構上，在絕情谷中，他是一谷之主，自然能支配一切，但只有他的妻子是他不能支配的，反而是他被妻子所支配。加上裘千尺的性格，喜愛嚴密地監視及支配夫君，以為「丈夫」便是「一丈之夫」，若不能把夫君控制在一丈之內，夫君便不再是丈夫，很可能會跑掉，即是失去了一丈之內的控制，便是失去丈夫。因此，她喜愛極力地監督丈夫，因她有高深的武功作為支持的力量。

◆夫妻恩情變仇情

公孫止與裘千尺的關係，由原來兩情相悅，變成了一個極力想逃、想跳出這關係，而一個卻盡力維繫此關係。這關係之所以能夠繼續保存，其基礎只是建於武力之上。夫妻關係只建基於武力，而不是建基於兩情相悅，則只有純粹虛空的形式，而沒有充實的內容。

對裘千尺而言，她是懵然不知公孫止與丫鬟相好，因公孫止在她面前馴如羔羊、聽聽話話，使她以為夫妻二人算是恩愛難得；但對公孫止而言，卻不能忍受此虛空的形式關係，只有夫妻之名，而無夫妻之實，他真正的性情生活無處宣洩，若要有充實的內容，自然需要另找一個對象，於是找了一個丫鬟（柔兒）。最重要的是柔兒對他完全接納，肯定他的地位，以他為大英雄、好谷主，使公孫止重新認定自己的地位，表現他的存在價值，使他滿有一具體實在的感受，而柔兒對他也是千依百順。

公孫止與裘千尺一起時，他成為一個千依百順的被支配者；但與柔兒在一起時，他卻成為一個至高無上的大英雄、好谷主，成為一個能支配自己、又能支配別人的人。而人總喜歡自己成為一個自主的主體，故此柔兒提出要與他長相廝守，離開絕情谷，跳出這不正常的、偷偷摸摸的關係，公孫止連忙設計逃跑，打算趁裘千尺練功時不出房門，便日以繼夜逃跑。

當裘千尺無意偷聽此陰謀時，便氣憤難當，因為她知道公孫止一向馴服，只不過是偽裝的，只不過是騙她的，而自己知道被騙，自然很容易氣憤，因為這表示自己智慧不足（即是愚蠢），才被蒙在鼓裡。而且最重要的是，她的存在價值，在公孫止的心目中，並不是以她為妻子而有價值，不是以她為白頭偕老的目標，知道原來自己只是他的學武工具而已，怪不得練武目標達成後便想不要她。面對這存在價值的轉變，由「目標的價值」變為「工具的價值」，相對地價值突然大減，便有自身被輕視、被否定的感受，而這感受是不易忍受的。於是她怒把二人推進情花叢中，使二人身中情毒，痛苦不堪，生不如死，間接地逼死柔兒。

對公孫止來說，他苦索思量、暗計逃跑，都是為了重新恢復成為一個能自我支配的主體，但計畫失敗了，而且性命難保。故此，在「自我支配」與「保存生命」

的衝突中，他選擇了自己的生命，寧願日後再做打算（所謂「小人報仇，十年未晚」）。為自保性命，他騙柔兒共赴黃泉，而把她擊殺了，以博取裘千尺的歡心，換來解藥絕情丹，以保存一己之殘命。

能夠「自我支配」，是先假設有「自我之存在」，若「自我」也死了，便無所謂支配不支配。公孫止既保存了「自我」，保住了自己的生命，他進一步的要求，便是要追求「自我支配」（也為失去了自己喜愛的柔兒報復）。若要達成此追求，就要把障礙的根源消除，妻子裘千尺便是令他不能自我支配的根源。因此劫後餘生的他，處心積慮，假意悔悟改過，表面對妻子愛護備至，心裡卻要真意設法害她。終於，他的奸計得售。

他把裘千尺灌醉，然後挑斷她手腳筋脈，使她終生殘廢。因裘千尺就是靠這一雙手、一雙腳的武功，把他鎮壓住，使他不能不「鬱服」——鬱鬱寡歡地屈在心裡而服從她。故此，就要把這根源毀掉、挑斷，使她永遠無機會再恃這手腳的功夫來支配他。最後，更把她推進百丈深谷之下，把她投下與人世隔絕的暗陰地獄，想使她永不超生，永不能重返人間來再次鎮住他。

兩夫妻原是一段恩情，卻反目成仇，變成一段仇情——互相仇害仇殺。裘千尺對公孫止過分多情，變得過分管束丈夫，而她得知受騙後，仗著武功高強，絕情地傷害公孫止與柔兒，使二人生不如死。公孫止對柔兒的一片多情，卻被裘千尺所毀，逼得他親手殺愛人，故此也以陰謀詭計，絕情地把裘千尺投進地獄世界，使她既殘廢又孤獨。

這一對冤家，由多情變絕情，互相陷害，結果卻同時日一齊跌入地洞，化成一團肉泥，你身中有我，我身中有你，永遠連結在一起，再也不能分開。一對互相排斥的夫妻，一個你死我活的矛盾，最後離開了人世而獲得了消融，歸於永遠的結合，永不能分拆。

第四章

中情典範

12 郭靖與黃蓉之中情

在《神鵰俠侶》之中，其他的有情和無情人物，都是各有所偏——有情人物一是偏於多情之痴，或是偏於絕情之愚；而無情人物則偏於無情之懼（怕入有情之內）。

有情人物一方面偏於多情之痴，以致大苦大甜、大喜大悲，故此有楊過與小龍女之至性至情、郭芙與武氏兄弟之三角戀情、公孫綠萼之悲情、王重陽與林朝英之墓裡隱情、程英之幽情、陸無雙之無雙之情、郭襄之傷情、瑛姑盼望相見之情及段皇爺之激情等；另一方面則有偏於絕情之愚，以致大愁大恨、大嗔大毒，故此有郭芙之嗔情、李莫愁之愁情、絕情谷主與裘千尺之仇情。還有，無情人物偏於無情之懼，以致不敢、不再及不入有情之內，故此有一燈大師之空情、周伯通之頑情及金輪法王之無情。

而在《射鵰英雄傳》之中，年輕的郭靖與黃蓉亦是嘗盡多情之痴之苦。黃蓉曾被父親強留桃花島，日夜愁眉苦臉；郭靖亦曾歷盡艱苦，拚命狠鬥求親。

◆不落二偏之「中情」

但是到了中年的郭靖與黃蓉，便能不落二偏——即不偏有情之痴愚，亦不偏無情之懼。他倆既是有情，亦超越有情，卻不是無情，而成就不落二偏之「中情」。他倆不是絕情人物（不是對多情做否定），自然沒有絕情之愚；他倆雖是多情（對情肯定而執實），卻沒有多情之痴，他倆是多情而不痴情，因此亦無無情人物之懼怕有情之痴與愚。

郭靖對著性格刁鑽古怪的黃蓉，與她共同生活，見她無理取鬧之時，自己只是笑笑不理；若見她惱得狠了，便溫言慰藉，往往使原來煩躁的黃蓉變為開顏歡笑。他帶楊過上終南山途中，被道士辱罵為淫賊，心中甚是氣憤，因性子率直的他，撫心自問只有黃蓉一人，故此無理受罵，百思不得其解，而不明白可能只是一場誤會。就算他是極怒之時，要把郭芙的手臂砍掉贖罪，一見妻子出招護著女兒，他自已只有退避而不接招，以免誤傷愛妻，因而被黃蓉點穴。郭靖處處退讓，正是他對妻子之情的猛進。

而黃蓉亦甚關切愛護丈夫。她見郭靖為楊過的失蹤煩惱，便默默坐著陪他不吃飯。在蒙古兵攻打襄陽城時，正是滿天紅霞，滿地敵軍，黃蓉的眼光卻不落在瑰麗無比的風光，也不落在面目猙獰的蒙古軍兵，卻全落在愛夫郭靖身上，只見他挺立城頭之上，風姿英爽而又憐惜地察見他多了幾十根白髮，若無說不盡的愛慕眷意，她絕不會在如斯壯麗的景色中、兇殘的戰線上，全心全意，只關注愛夫站立之姿和頭上白髮之數。

郭靖與黃蓉就是如此心意的互相扶持，同闖江湖，攜手抗敵，二人富貴不奪、艱險不負，互相真心一片，相愛久而彌篤。

◆不為情痴成大俠

二人雖是恩愛備至，卻不彼此為兒女私情所規限。他倆不是沒有情，而是有情，只是不為情而變得痴迷，故此能超越有情而成大俠。

蒙古兵大舉進攻襄陽城，郭靖、黃蓉處處奮不顧身，皆以國家大事為重，口口聲聲互相勉勵及提醒：「為國為民，俠之大者」，既不忘郭靖之「靖」是為了紀念靖康之難、國家之恥，也為將出世的兒女取名，男子名「破虜」，女子名「襄」，便是要兒子記著擊破蠻虜，要女兒不忘襄陽城被圍之苦。

從「俠之大者，為國為民」，便能見郭靖、黃蓉不被兒女私情局限，不變得迷迷痴痴，從而顯出武氏兄弟多情之痴——在家國危急存亡之際，卻為兒女私情，爭娶師妹，而不自量力地輕舉妄動，爭相立功。相形之下，武氏兄弟的痴情比郭靖、黃蓉的中情，很明顯是「不中」——過於多情而不恰當，這只能表現匹夫之熱血衝動而不識大體，亦只能成就一己對私情執著的窄小氣度，卻不能成就郭、黃為國為民的寬宏氣概。

同是多情而痴的楊過，卻不像二武的執迷不悟，他能體會郭靖、黃蓉執中而不偏之中情，從而得到感應，然後頓悟，領悟俠之大者的宏大風範，從而轉化一己之執著，超升至大俠的境界，不單留於小龍女二人之私情，更願以一己之殘軀，獻身死守襄陽城，叫蒙古兵寸步不得進，負起國家興亡大俠有責的重任。

第五章

解情之說

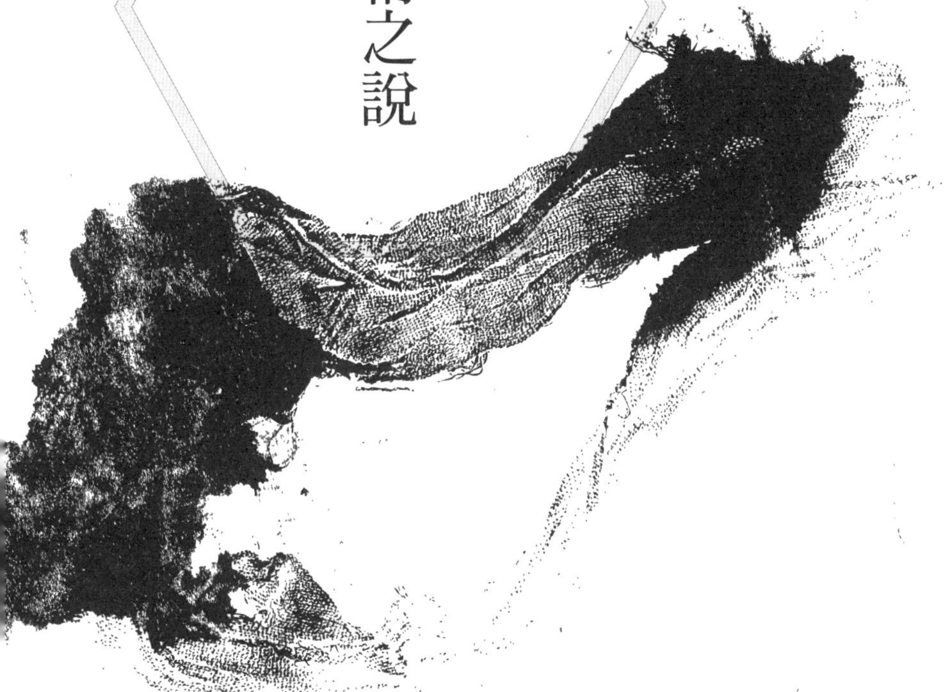

13 問世間情是何物

看過不同的人物在情場內之流轉，現可正面提出解答「情是何物，直教生死相許」。

「情」（兒女私情）是一種與生俱來的意欲，祈望與異性互相認同及互相肯定的心理及生理上的需求。

人與生俱來便有種種欲望，例如天涼欲溫暖、饑餓欲肚飽等。而「情」是要求與異性相處的一種心理需要——要求對方屬於自己，也願意自己屬於對方；祈望互相認同，承認同屬對方。有相同的思念，便是「相思」（如楊過與小龍女）；若只有單方面的思念對方，而對方卻不認同，就是「單思」（如尹志平思念小龍女）；若有第三者介入，便需要「三思」（如郭芙與武氏兄弟的糾纏）。

無論是單思、相思或三思，作為個別的主體，總希望對方屬於自己。若要追求情人屬於自己，便要先假設有「自己的存在」，沒有「我」就無所謂「屬於我」。但是，人往往不明白（無論是無意或有意）自身的存在狀態，時常以為自己有一個獨立不變、又能完全自主的自我存在，進而也以為有一獨立不變的「他我」（別人）存在。於是不斷向自身以外追求，希望對方完全不變地屬於自己。

但是，對自身存在狀態的不了解，往往引出各種莫名其妙的煩惱及行為。自我的存在，是在一特定的時間場及空間點之內，由不同的條件及原因（緣）聚合，加上主體當下一刻的判斷及決定，才組成世上的各種具體事物。「自我」是在條件及原因的生成及散滅的組合中（即緣生緣滅），隨之而流轉不息——即是沒有完全能獨立自主的一個自我的存在。（人可在各緣中為自身做決定，但人卻不能決定緣之生滅。）

◆ 情緣

情場之內也是一樣，沒有一個主體能完全獨立地控制相思之情——主體可以獨自決定指向對方，做出認同，卻不能決定對方認同自己，必由對方自己做決定。故此，相思之情必然是由二人分別做決定，才能合成的。

在某些條件（或情況）及原因之下，二人互相認同，便可成情侶或夫妻。在此中，二人互相交往接觸，產生不同的心理或生理上的感受，進而會對此些感受有所執取或黏著——愛好既有的狀況，而又祈望此些條件或原因保持不變，這是情到濃時的表現。一雙戀人，在花好月圓之際、談情說愛之時，總希望美好的現況不變，祈望時間停留不動，這是故意對事物的存在狀態做誤解。

不知相思是二人互相認同之事（如絕情谷主強娶小龍女），或故意對事物之存在狀態做誤解（如武三通對義女的不通情理），都是不夠智慧的表現。隨之而來便有種種煩惱：單思可以令人憤怒、怨恨、暴戾、妒忌、惡言傷人、情緒不安或冷酷絕情（如李莫愁之愁和郭芙之嗔）；另外，相思的戀人一旦面對情況或情人有變，發覺無常來臨，便亦會相思難遣，苦不堪言。

單思情絕，相思情多，以致煩惱盈盈，都是無明之封閉，以致不明事理，不明一切外緣（外在的條件及原因）都不是恆常不變的聚合，不明緣的生成則相聚、緣的散滅便分離之理。

世上之具體事物，本是不斷變幻，本是無常之緣的積集與消散，包括自我的存在狀態，也是沒有自身能完全獨立自立的，由此難免感到無可奈何，而有悲涼的苦感。但是，只要人有其肉身之存在，便有無明之欲望，便有自私之情，以擁有對方才能滿足，否則便覺很苦。

於是，在這緣生緣滅的世界不斷流轉，進一步失去作為主體的自主性——若隨緣而遇有一個才子或佳人，便高高興興歡樂趣，而吐不得；若情人有變，則傷心欲絕離別苦，而吞不下。自己的歡喜或傷悲，完全由外緣所牽引，而喪失作為主體自決的特性，便會做出種種莫名其妙的行為。（如李莫愁之乖僻兇狠、郭芙之亂發脾氣、公孫止之趕盡殺絕。）

◆兒女私情像花朵

象徵地，亦可說兒女私情像花朵，如情花之顏色嬌艷，也發出陣陣醉人的花香。花顏與花香都是些緣生物（外緣積集的組合物），使人見了便喜愛，聞了便鍾意，而喜愛與鍾意就是對感受的執取。

初嘗情花的滋味，便覺入口香甜芳蜜，便是二人在緣生緣滅的世界中互相認同，將變幻之欲望，置定於對方，視對方為目標，實實在在地互相肯定自身獨特的存在價值，便是上口極甜之時，於是執實之，而做生死相許之願。

但這份甜蜜溫馨亦如情花的香味，微微帶有酒氣，使人漸漸醺醉而喪失智慧，故意對事物的存在狀態做誤解，漸漸以為緣生之物永恆不變，而不明無常之理。

事物之具體存在，本來就是沒有獨立不變的常體，情人面對變幻，發覺自己不能主宰外物，不能決定愛人隨緣變化，由此體驗自己的無能為力，而無可奈何，嘗盡苦楚。

情花的背後，正是隱藏著無數小刺，眾生不易察覺，不免被它刺傷。可以說，這小刺便是不明緣生緣滅之理的執著，暗暗刺傷執取兒女私情之人的心靈，有所執取方會被刺傷。所以親嘗情花者，往往先甜而醉、後苦而傷。

不過，若能斬斷情絲、無所執取，雖中情花之刺，劇毒也不會發作。斬斷情絲便是不進入情思的範圍內，便不受情花之毒攻身，不受情絲之困擾。皆因毒與情結；情思起則情毒發作，無情思則情毒散。

情如花朵，甚是嬌美，但情之結果，卻十分難看。情之果實，有酸有辣，也有臭氣難聞。不明情之為物，本質原是無常之緣，是無明之意欲，若執實不放，則單思之怨、相思之痴，隨之種種煩惱而至（如惱恨、嫉妒等），便結成中人欲嘔的苦果。

不過，情果也有甜的，只是十個果子九個苦，十中有一方是甜。要知情果是苦是甜，不能只從外表判斷，必須小心親嘗。換言之，只從外在的觀察，單憑概念知識，而不具體地親自經驗，則不能體會情果的滋味。

14 多情、絕情與無情

世人都是有情的眾生——只要人有肉身，人在本質上都是有情（有各種欲望）。在有情的範圍內（情場），對情肯定及執實，便是多情；但在情場之內，對情否定及怨恨，便是相對於多情而做的絕情。換言之，在有情的範圍內，便有相對的多情與絕情；但是，若不進入有情的場內，既不多情也不絕情，這就是無情——不在情場之內。

多情是對情的肯定及執實。當情侶二人談情之時，互相都是對方的目標——對方的一舉手、一投足、一微笑或一滴淚等獨特的言行舉止，都成為情人留神的事物

（往往是觀察入微的），而對這些具體的事物，做備至的關懷，而悉心地照顧。當每個獨特的個體被對方特別地對待，接受情人與眾不同的關懷與照顧，而成為對方的目標，亦即是個體的存在價值被獨特地肯定下來——就算世上其他所有人，看不起和不接納自己，但情人卻願意接納自己，亦即最低限度至少也被對方一人肯定自己的存在價值，從而個體便會有所反應、有不同的感受——甜蜜溫馨、如痴如醉或神魂顛倒等。這便是多情。

◆多情的特質

能夠多情，使情人痴迷，必要視對方為目標；若只把情人視作工具，則被肯定的存在價值大減。

例如只視對方為宣洩情慾的用品，又或只把對方視作附屬品，用以炫耀一己的吸引力（無論是外貌或財富上），則個人的存在價值，不是以其自身作為目標而被肯定的，而是只被肯定作為工具而有價值——雖同樣接受對方的關懷照顧，雖仍有存在價值，卻及不上作為目標而有的價值。

因工具是用以完成目標的物件，只要能完成目標，任何適合的工具便可被應用，故此不局限於某一特定工具，只要能完成目標即可。所以，若情人只被當作工具，以完成一己的自私目標（如洩慾或炫耀等），則不一定需要對方，不一定局限於這工具，也可以另找他（她）人，即另找其他工具，以宣洩情慾或滿足炫耀等，換言之，可以把作為工具的情人更換。

但是，若不把情人當作工具而當作目標，則此情人不能更換、不能代替。一是不要對方，不以對方為情人，不以對方為追求的目標；若以對方為認同的對象，則對方便是追求者的目標。在這「不能取代」的意義下，對方作為目標的存在價值，比作為工具的存在價值為高。（亦是這一點價值意義，使人與其他物件和工具分別出來，每個人自身都是目標，而不是被利用的工具。在這觀點之下，人的存在價值比物件工具為高。）

若再問有情之眾生，在作為目標的價值及作為工具的價值這二者之中，為何對前者的不能取代，覺得更有價值？作為目標，為何會帶給個體更加肯定的感受？而這些感受上的體證，不單是一些純粹概念知識，還必要親身體驗，才能領略。

這些問題的答案，最終的標準只能落在每個獨特個體的親身感受之上。這是眾生與生俱來的感受能力。而沒有人再能解釋眾生為何有此些感受的能力——為何眾生有甜蜜溫馨等感受能力，最後的回答是眾生天賦的，是莫名其妙（無明）的意欲活動能力。

◆絕情與無情

獨特的個體被視為目標，不被視為工具，而被特別地關懷照顧，被個別地肯定自身的存在價值，由此而產生甜蜜溫馨等感受，因而心下喜愛，對此肯定及執實，這便是多情。

相反地，若獨特的個體由於對方的變化（無論是變心或死亡等），馬上使「自己被視為目標」消逝，而失去往時被與眾不同的關懷與照顧。換言之，被個別地肯定自身的存在價值，亦由此而遭否定或消散。面對失去的甜蜜溫馨等滋味，而傷心欲絕，卻還依然肯定及執實昔日之情，這仍是多情；若因此而否定抹煞昔日之情，而變得冷酷殘忍、亂發脾氣、大怨大恨等，這便是絕情。

無論多情或絕情，都屬於有情，同在私情的範圍內；若不在兒女私情之場內，便是既不多情，也不絕情。不在情場之內，便沒有相對的「被視為目標」及「不被視為目標」，也沒有「被肯定自身的存在價值」及「不被肯定」。換言之，在情場之外，自身是否目標、是否有價值，不由別人（情人）來決定，別人的決定不論變化與否，都不影響或改變個體的存在狀況。故此，進而言之，便沒有相對的「甜蜜溫馨」等樂趣，亦沒有「傷痛欲絕」等悲苦，即是免卻了情場之內相對的苦與樂，因為根本不在情場之內，這便是無情。

◆執有情、執無情和無執情

有情（包括多情及絕情）皆有苦，因為執著有情而變得痴愚。多情之時，就以為沒有對方便不能活下去，面對變幻無常，卻堅持執實到底，親嘗大甜大苦，這是多情之痴；若由於付出一己之多情，卻得不到認為應有的回報（或許只得到對方回應：感情是不能勉強的），因而對昔日之情做否定，繼而偏向於冷酷殘忍，這是絕情之愚。多情與絕情都是「執有情」，都統屬在情場之內；若索性不入有情之內，便是「執無情」——規定自身不准（亦是不敢）進入情場之內，以致沒有痴愚的煩惱，免除多情之痴及絕情之愚。

進入情場之內，便是「執有情」；不願進入情場之內，便是「執無情」。但「執有情」和「執無情」都仍是「有執」——有煩惱。「執有情」便有多情與絕情之痴愚；但「執無情」也仍有害怕進入情場之煩惱。

若能不「執有情」，也不「執無情」，這便是「無執情」——既無所謂有情，亦無所謂無情。即是既可進入情場之內，卻不執多情和絕情之痴愚；也可不進入情場之內，卻不執無情之懼怕進入情場，這是不落二邊（有情和無情）之中，既不黏於有情或無情，也不排斥二者。

◆《神鵰俠侶》之情

在《神鵰俠侶》中，屬於「多情」的有楊過與小龍女之至性至情、郭芙與武氏兄弟之三角戀情、公孫綠萼之悲情、陸無雙之無雙之情、程英之幽情、郭襄之傷情、王重陽與林朝英之墓裡隱情、瑛姑對老頑童之思情、黃藥師對亡妻之忘不了情、武三娘與武三通之夫妻情、陸展元與何沅君之恩情、清和真人之禍情、公孫谷主與柔兒之柔情。

而屬於「絕情」的則有郭芙之嗔情、李莫愁之愁情、公孫止與裘千尺之仇情、公孫止對小龍女之絕情及武三通對何沅君之不通情。

屬於「無情」的則有一燈大師之激情、天竺僧與金輪法王之空情、周伯通之頑情及傻姑之不知情。一燈大師及周伯通是多情之後，不肯再入情場之內；天竺僧及金輪法王以佛門空理，不肯入有情之內；傻姑是神經錯亂，而不知進入情場之內。

以上的多情與絕情人物，均屬「執有情」，而無情人物則是「執無情」，只有中年的郭靖與黃蓉之中情，才近於「無執情」。

15

豪情與抑情

「豪情」是指將自己的（兒女）私情盡量地、豪放地向外發放；「抑情」是指將自己的私情盡量地、嚴厲地向內抑壓、抑制，不讓一己私情向外流放。「豪情」與「抑情」二者，在方向上是相反的，前者是向外放，後者則是向內收。

而「豪情、抑情」與「有情、多情、絕情、無情」是不同的，但也有相關的。「有情」是指在情場之內，而相對地有「多情」及「絕情」——「多情」是對情的肯定而執實，「絕情」則是對情的否定而痴怨，無論是「多情」或「絕情」，其方向都是向外的，二者都是有所執取的；「多情」執實痴情而不惜殉情、「絕情」則執著痴怨而不惜怒恨仇殺。

簡言之，「多情」及「絕情」都是向外的執著。而「豪情」亦是將一己之私情發放，方向也是向外的，可是不一定有執著之意，純粹是指將一己之情盡量地向外開放；若發放之情，遇上一個生死相許的對象，而對之痴愛，這樣「豪情」就變成「多情」；若後來面對無常變幻，將一己之情否定，這就變成「絕情」。「豪情」是描述一己之情的發放情況，「多情」則是「豪情」發放後執著的結果，「絕情」則是對「多情」的否定。

在情場之內，便是「有情」，相對地有「多情」及「絕情」；若不在情場之內而在情場之外，便是「無情」——既不「多情」，也不「絕情」。

但是，「無情」與「抑情」也是有分別的，亦是有相關的。「無情」是描述一個人不在情場之內，不屬於「有情」人物，這是做位置上的報導；而「抑情」則強調個人對一己之情的抑制，這是強調「強制」的行為。簡言之，「無情」是個靜態的位置描述，報導是否在情場之外；「抑情」則是個動態的描述，強調個人是否做抑壓情感的行為。

而「抑情」的結果，可以是「無情」，亦可以是「有情」，這要看這「抑情」是否有理。若能有理地「抑情」，如和尚以佛家哲理為依據，體會「有情」相對之苦樂，而決定終生不入情場之內，則這有理的「抑情」便成「無情」（例如一燈大師便是）；但若是無理的「抑情」，將一己之情強制抑壓，一旦遇到了「豪情」的奔放相衝，便很容易捲入「有情」的範圍內。

◆小龍女與公孫綠萼之「抑情」

小龍女與公孫綠萼原都是抑情人物。小龍女自師父收留收養後，在與世隔絕的古墓內，自小修習玉女心經，盡量地摒棄七情六欲，拚命地抑壓自己的自然本性；而公孫綠萼則由父親嚴厲管制，在深山野嶺的絕情谷中，盡量地木無表情，拚命地抑制自己的真性情。

換言之，這兩個抑情女兒，從小至大，都是不知情，故此無情——而在情場之外。但是，此兩個抑情人卻都遇上了豪情的楊過，結果都是抵不住其豪情的衝擊。

二人原來無理的抑壓性情，自然守不住，小龍女破天荒兩度下淚及公孫綠萼三笑折腰後，情感便有如洪堤破裂、潮水氾濫，洶湧而出，從此對楊過一生多情。最後二人更為豪情的楊過殉情：小龍女為使夫君繼續活下去，黯自離去，跳谷殉情；公孫綠萼為使情郎不受父親威脅，奪回解藥救命，便撞劍殉身。

總而言之，兩個抑情女兒，由從不知情而無情，同都遇上了豪情的楊過，結果同都變得多情，最後是以身殉情——只是一個跳谷不死，一個撞劍而終。

◆公孫止之「抑情」

但是，另一方面，「抑情」衝破之後，被捲進「有情」之內，卻不一定只是「多情」，也可以變為「絕情」。這要視乎個人的自行決定——決定對情肯定而執實，還是否定而怨恨仇殺。公孫谷主便是抑情開放後的絕情人物。

原本他也是多情人物，對丫鬟柔兒多情備至，寧願拋棄百年基業，放棄谷主尊榮，而千方百計與她逃走私奔，這確實是多情之作。但是被裘千尺破壞後，所愛之人被逼死於自己手上，公孫谷主成了一個痴怨仇殺的絕情人物——奸計毒害髮妻，使她終身殘廢，也把她推進陰暗的地獄世界。

自此之後，在荒無人跡的絕情谷中強制性情，成了抑情人物，不但自己無理抑壓，更無理地強制谷中的少男少女，不得流露半點真性情。

但是這無理的抑情，一遇上了貌若天人的小龍女，便不攻自破。公孫止見其美色而私欲心情再起，如千軍萬馬，難以自制。

未見小龍女之前，公孫止是無理地自制抑情；但遇到小龍女之後，他卻是無理地不自制性情——明知小龍女與楊過原是天生一對多情兒女，拆也拆不開，分也分不離的，可是他卻全不自制，固然不成全小龍女與楊過的好事，更恃武功高強而奪人所愛，做出無賴狗匪的強盜行為，做出種種趕盡殺絕的劣行，既要以魚網陣鉤死楊過，也想以兵器房的暗器擊殺二人，變成一個不折不扣的絕情人物。

總而言之，公孫止對丫鬟的多情而變成對髮妻的絕情，成了無理的抑情人；遇上了小龍女後又再多情，但得不到認為應有的回報，便又再絕情。結果，就是這兩次絕情，使他慘淡收場：恃武功強娶及暗害小龍女，使他由堂堂谷主的英名，一變而成下流的無賴；被他殘害的髮妻裘千尺亦束心用計，破了他絕頂的閉穴功，也用棗核打盲他的右眼，最後更拉他同歸於盡，長死在深洞之下。

◆公孫父女之「抑情」

公孫谷主父女都曾是抑情人物，二者都是由抑情後而多情，但分別在於一個是多情而死，一個是絕情而終。

公孫止絕情地否定多情，既不接納楊過與小龍女之多情，而趕盡殺絕楊過，同時也對自己之多情做否定，心想得不到小龍女，寧願把她毀了，教她到兵器房取劍，想她中暗器而死，也不願小龍女重歸楊過。這是絕情之愚，故意不通情達理，而做極度的破壞。

其後，見完顏萍美目盼盼，便又起了歹心，強把她人擄去，做出下九流的奸賊行為；最後更為一個初相識的女子（李莫愁），為其美貌而設計陷害女兒，以親生女兒的性命來討好一個陌生女人的歡心，做出喪盡天良的行為。這都是無理抑情後的無理豪情，而變得無理多情及絕情。

反觀其女兒公孫綠萼，則剛好相反。她得知楊過與小龍女原是天生一對、地設一雙，便委曲心意，成就他倆的好事。其母恃噴棗神功，為她出頭作媒，強要楊過娶女兒，可是她不要，還假意惱恨楊過，把破衣給回楊過，好讓自己擋在他身前，免得母親有機會吐棗核打傷楊過。

最後，就算二女共事一夫的念頭也幻滅時，她亦願意以一己之軀，設計騙取母親的絕情丹，以解楊過的情毒，成全他與小龍女白頭到老。公孫綠萼比父母較通情達理，深知相思是二人自決地認同，而不是單方面的執取即可，她不像父親之無賴，恃武力迫婚，硬要拆散一雙情侶；也不像母親之無理，恃解藥迫婚，硬要楊過娶女兒。公孫綠萼對多情的肯定而執實，故此處處為對方著想，而成就了犧牲之悲情。這是抑情後的多情到底。

◆楊過之「豪情」

楊過自小流離浪蕩，到處受人白眼，而養成一副極端性格。亦是這極端性格，使他滿有豪情。

小龍女傳他武藝，在古墓內悉心教養他，他便極度地豪情奔放，極端多情，願與她同生共死，長困於古墓之內。與小龍女失散後，便把這豪情發放於他人身上：既要看陸無雙的嗔態，而不惜千里護送她；見完顏萍那副我見猶憐的眼睛，便要求給他親吻；昏迷中見到程英那溫柔憐惜的眼神，便把她抱著不放。再來到大勝關，見二武爭取郭芙歡心，自己也無意地口出輕薄之言，要與二武爭風吃醋。絕情谷中，見了年輕貌美的公孫綠蕚，便極盡調笑之能、油腔滑調之天分，逗得姑娘咭咭發笑。

而楊過也自知過分豪情，故此想偷吻陸無雙時，便怪責自己對小龍女不專一，於是自掌耳光；情花樹下，見公孫姑娘婀娜姿態而心動，卻被情花毒發的劇痛提醒，覺得自己也是太過輕薄，惹得別人含羞答答地走開。

因此，與金輪法王一起時，在自創武術新招的過程中，覺得自己各門各派的武功皆懂，卻沒有一門又專又深，從而悟到自身豪情的廣放而不專，反惹來一身情債——既惹得程英和陸無雙冒死把一半錦帕給他，好讓李莫愁不忍下殺手，也惹得公孫綠萼為他受種種苦辱，亦惹得完顏萍帶著含情脈脈的眼神而心感失望惆悵。

從頓悟自身的豪情後，等候十六年後與小龍女相見的楊過，從此便由豪情而決定抑情，將自己外流奔放之情，全向內收回，抑鬱強制於自己心內，只轉化而流露於十多式黯然銷魂掌之中。

故此，遇到了多情的郭襄，他馬上留心昔日風流之豪情，而暗地裡自覺地抑情，免使小東邪惹來多情之苦。所以與她相交時，也特別留神，謹慎自己的言行。

這便是楊過由豪情而多情、再而變成自我之抑情，不再把情向別的女子發放，只站在天涯之端、海濱之旁，寄情茫茫大海，專心一意苦候相約之期。

第六章

情深歸宿

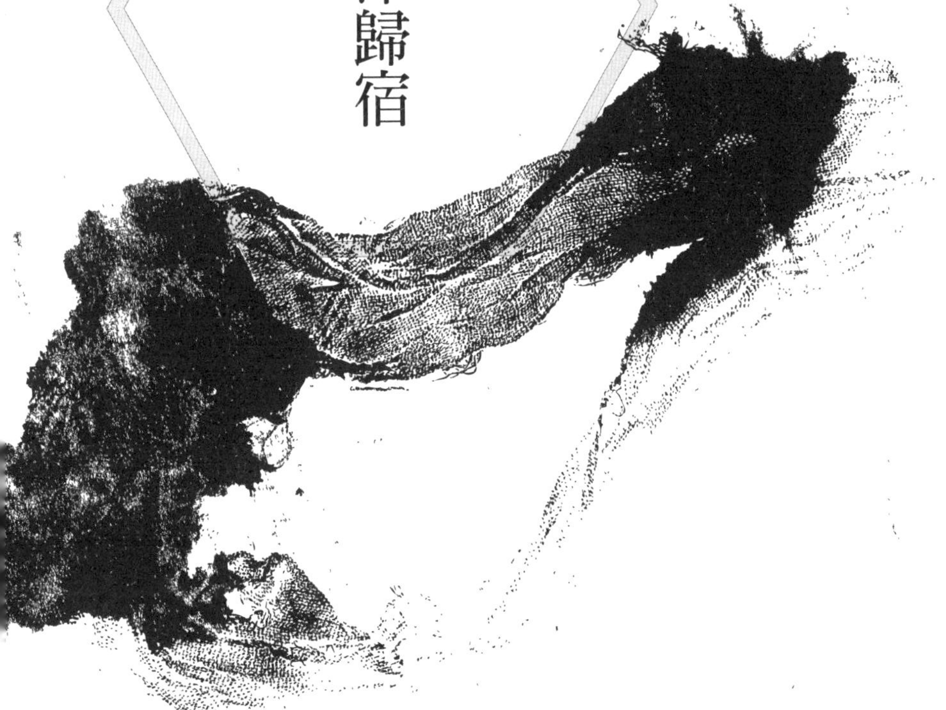

16 小龍女之不死問題

《神鵰俠侶》的結局是：楊過苦等了十六年，不見小龍女應約，便跳下絕情谷底，跌入水潭，後來潛水穿過，找到了幽居，而找到小龍女，與她重逢。

小龍女之不死，其再次出現，沒有以前風采飛揚的描述（沒有終南山孤身獨鬥全真派及西域各大高手之精采，也沒有古墓內初現聲氣時之神秘莫測等）。換言之，從文筆技巧而言，小龍女之重現，與楊過之相聚，確實比不上未跳谷失蹤前精采，甚至比不上小東邪郭襄被擄及老東邪黃藥師布陣救孫兒。即是，小龍女重現後，再不像以前一般，帶來刺激的武打場面，帶來神龍見首不見尾的神秘感。若小龍女失蹤後，從此不見（可以說是死了），就沒有以上的情況。這些都是從重現後的事件描述做判斷。

不過，若不從文筆技巧的角度來看，而從義理的觀點，便能發現小龍女之不死（雖在描述上有失色之處），卻成就了人生的定向——肯定了情深之歸宿。

◆有情皆苦

遍觀《神鵰俠侶》，使人很容易留有一個深刻的印象：進入情場之有情人物（包括多情及絕情），十居其九，都是有情皆苦。

對楊過一片痴情的公孫綠萼，結果死於父親的黑劍，身死之後，還要挨母親的鐵釘棗核，最後身葬火窟。性格穩重內向的程英及活潑外向的陸無雙，均芳心暗許楊過，結果卻像傻姑一樣，幽暗地居於故鄉嘉興，只落得香閨寂寞。

一代掌教尹志平，也因對小龍女單思，以致失魂落魄，最後惹得八九長劍穿身而死（清和真人卻變了情禍真人）。武修文與武敦儒，兄弟二人手足情深，相依為命，卻為爭娶郭芙，二次手足相殘，生死決鬥；武氏之娘（武三娘）也為救夫君，替他吸出毒血，結果中毒殉身；同樣，武三通為了義女何沅君之出嫁，惹來一生生氣怨恨，四處漂泊瘋癲，無處為家。

祖師婆婆林朝英，獨鍾情於王重陽，卻換得獨佔空虛古墓，孤單影隻，死在活死人墓中。李莫愁也為陸展元而失戀，由此一生變得冷酷絕情，中了痴情之毒，胡作非為，害人害己，結果臨終滿身受情花毒刺所傷，劇痛攻心，葬身火海。公孫止為娶得小龍女為妻，堂堂谷主之尊，惱羞成怒，而做出下流之土匪盜賊行為，以武力迫婚；後來又強搶完顏萍，結果百年基業盡毀，身敗名裂；最後與結髮之妻裘千尺反目成仇，互相陷害，二人同跌死於石窟深洞之下。

天生頑皮的老頑童周伯通，也因一時頑皮，偷了段皇爺的愛妃瑛姑，而感到羞恥難堪，一生逃避他倆，不敢見人；而段皇爺因一時激氣而終身出家，做了和尚；瑛姑也落得孤孤單單，只以兩隻九尾靈狐為伴，隱居僻地，住於黑龍泥潭之下。

霍都心想一嘗有情之滋味，便向小龍女求親，卻給白玉蜂追得透不過氣，狼狽不堪。郭芙對楊過之真情深藏心中，卻連自己也不清楚，由於不能從心所願，一生變得莫名刁蠻，亂發脾氣，由真情變了嗔情。只有十六歲的妹子郭襄，也暗許楊過，隨他一起跳崖，結果仍是以盈盈淚光，只有傷感之情，目送楊過、小龍女而別（在《倚天屠龍記》便是終身不嫁）。

無論是與楊過同時的同輩（公孫綠萼、陸無雙、程英、武氏兄弟、郭芙），或是比他早的前輩（尹志平、李莫愁、武三通、公孫止、裘千尺、一燈大師、瑛姑、周伯通、王重陽、林朝英），以及比他遲的晚輩（郭襄），都受情所困，而各有所傷。即是，無論是過往的人（前輩），或是現時的人（同輩），以及將來的人（晚輩），只要有情——進入情場之內，不論是多情與絕情，都會十居其九，為情所傷，而身受其苦。

◆肯定情深之歸宿

除了郭靖與黃蓉能夠富貴不奪、艱險不負、一片真心、相愛久而彌篤，因而得享美果之外，其餘的人都得苦果。（就連雌鵰也為雄鵰之重傷墜崖身死，而撞石殉情。）

眾生皆有情（包括禽畜——鵰也有情），但有情皆苦。從《神鵰》中的有情人物，包括多情與絕情，十居其九，都歸結於不同的悲苦，那麼從這個鮮明深刻的印象，就會使人追問：究竟情之歸宿，是否必苦無疑？

如果《神鵰》中的主角——楊過與小龍女，二人都是歸結於死亡，就會使人覺得太過慘、太過悲悽（可能嚇怕人，使人不敢有情，不敢進入情場之內）。

換言之，如《神鵰》的結局是：善若天人的小龍女自此失蹤（死於谷底），獨臂大俠楊過也跳谷而死（活潑可愛的郭襄也隨楊過跳崖而盡），則很容易令人覺得：情深皆死。但在眾生的理想中，在人生的定向要求上，「死」不應是情深之歸向，情深之結果應是好人有好報，其他的痴情人物已經夠苦了，若主角也都因情而死，便帶人歸宿於虛無與失落。

故此，從義理的觀點，從肯定人生的定向上，小龍女之不死，在技巧的描述上，雖再無武功超凡的精采表現，也無高深莫測的神秘感，卻成就了情深之歸宿，確立了人生的一種定向。

當然，文筆技巧與義理歸向，二者不是互相排斥的，而是可以互相成就。能夠二者兼得，當然是最好不過。

五看金庸小說 / 倪匡、陳沛然 著 . -- 三版 .
-- 臺北市：遠流出版事業股份有限公司 ,
2024.09
面；　公分
ISBN 978-626-361-858-9（平裝）

1. CST : 金庸　2. CST : 武俠小說
3. CST : 文學評論

857.9　　113011132

五看金庸小說

作者 / 倪匡、陳沛然

副總編輯 / 鄭祥琳
主編 / 陳懿文
校對 / 萬淑香
美術設計 / 謝佳穎
排版 / 中原造像股份有限公司
行銷企劃 / 廖宏霖
出版一部總編輯暨總監 / 王明雪

發行人 / 王榮文
出版發行 / 遠流出版事業股份有限公司
地址 / 104005 臺北市中山北路一段 11 號 13 樓
電話 / (02)2571-0297　傳眞 / (02)2571-0197　郵撥 / 0189456-1
著作權顧問 / 蕭雄淋律師

1987 年 3 月 1 日　遠流一版
2024 年 9 月 1 日　三版一刷
定價 / 新臺幣 360 元 (缺頁或破損的書，請寄回更換)

ISBN 978-626-361-858-9

遠流博識網 http://www.ylib.com E-mail: ylib@ylib.com
金庸茶館粉絲團 https://www.facebook.com/jinyongteahouse